OPERAZIONE FIDANZATO FASULLO

JAY NORTHCOTE

Traduzione di

SARA LINDA BENATTI

COPYRIGHT

"Operazione fidanzato fasullo"
Copyright © 2022 Jay Northcote
Cover Artist: Garrett Leigh
Traduzione: Sara Linda Benatti per "Quixote Translations"
Edizione Italiana a cura di: Alessandra Magagnato

UNO

Novembre

NICK DIEDE una rimescolata al tegame che sfrigolava e mosse l'intero corpo al ritmo della musica che si stava riversando fuori dall'altoparlante della cucina.

«Non ci vorrà molto. Mi passeresti un'altra birra?» Lanciò un'occhiata alle proprie spalle al suo amico di vecchia data e coinquilino, Jackson. «Ehi. Perché mi stai fissando il culo?»

«Difficile non farlo quando sei lì che me lo agiti davanti.»

Il tono era disinvolto, ma Jackson era stato rapido a voltarsi dall'altra parte.

Beccato. Nick si sentì le guance in fiamme. «Bello sapere che sono ancora in forma,» commentò con un mezzo sogghigno.

Jackson non replicò. Dandogli la schiena, tirò fuori due birre dal frigo e le aprì, prima di passargliene una.

«Grazie.» Nick ricominciò a mescolare e a ballare. Non riusciva a stare fermo quando c'era della musica dance. Il brano di Sash! gli si rovesciava addosso, accendendogli la memoria muscolare di tutte le notti che aveva passato a scuotere il culo su un podio per pagarsi gli studi d'arte al college.

La musica smise di colpo, interrotta dalla sua suoneria, che annunciava una chiamata in arrivo. «Che due palle.» Nick si bloccò a metà di una mossa per lanciare un'occhiata allo schermo. «Accidenti. È mia madre.»

«Vuoi rispondere?» chiese Jackson. «Posso mescolare io.»

Curioso di sapere perché mai gli stesse telefonando, Nick prese il cellulare. «Sì. Mi levo il pensiero. Almeno ho una scusa valida per mantenere breve la conversazione.» Rispose alla chiamata. «Ciao,» esordì, con un tono accuratamente leggero nonostante il fremito d'ansia che gli aveva fatto accelerare il battito. Che diavolo voleva? Non chiamava quasi mai. In generale comunicavano con una e-mail ogni tanto, ed era il modo che lui preferiva. Non riuscì a fare a meno di domandarsi se non fosse qualcosa di brutto.

«Nick. Ciao. Sono io... mamma.»

Il suono di quella voce già da solo fu sufficiente ad aumentare ancora di più il suo livello di tensione. Gli si contrassero le spalle, tutta quella fluida scioltezza di pochi attimi prima svanì come acqua trasformata in ghiaccio.

«Ciao, mamma.» Gli sembrava strano chiamarla in quel modo, dando ai loro rapporti una disinvoltura e un'intimità che avevano perso un sacco di tempo prima. Non si riferiva mai a lei come a sua *mamma* quando gli capitava di parlarne conversando con gli amici – o, più spesso, con la sua counselor. Era sempre sua *madre*, in quei casi. «Come stai?» Tentò di suonare un po' più amichevole di quanto non si sentisse, mentre il senso di colpa e il risentimento lo strattonavano in due direzioni diverse.

«Sto bene,» disse lei in tono vivace. «E tu?»

«Sono a posto.»

Ci fu un silenzio imbarazzato. Non si parlavano abbastanza spesso da sapere granché della vita quotidiana l'uno dell'altra, quindi non avevano argomenti in sospeso da riprendere, e Nick non aveva proprio nessuna voglia di provare a fare un'educata conversazione.

«Volevi qualcosa?» domandò. «Stavo cucinando...»

«Sì, in realtà sì.» Ci fu una pausa, mentre lei prendeva fiato. «Nick... chiamavo per chiederti se vorresti venire a casa per Natale, quest'anno.»

Fu lui a fare una pausa, stavolta. Combattendo contro la reazione istintiva di rifiutare immediatamente, tirò un lento respiro, raccogliendo i pensieri.

Jackson gli scoccò un'occhiata interrogativa. «Tutto okay?» chiese senza usare la voce.

Nick scrollò le spalle e poi annuì per rassicurarlo. Prima che riuscisse a decidere come rispondere, sua madre continuò.

«Per favore, Nick?» Aveva una voce morbida, con un raro tocco di vulnerabilità. «Lo so che trovi difficili i raduni di famiglia, e so che preferisci starne alla larga. Però vengono Maria e Adrian con Seth, e Pete ha accettato di venire, quest'anno, invece di andare a fare snowboard.» Snowboard? E da quando a suo fratello piaceva fare snowboard? Aveva perso i contatti più di quanto si fosse reso conto. «Sarà il primo Natale di Seth, e lo so che Maria adorerebbe che ci fossero tutti e due i suoi zii. Per lei è importante.»

«Perché non me lo sta chiedendo lei allora?» Sì, sembrava un bimbetto petulante, però gli si stava aggrovigliando lo stomaco. Sua sorella Maria era l'unica persona della famiglia con cui avesse un forte legame. Erano rimasti uniti a dispetto di tutto quanto, ma da quando lei e Adrian si erano trasferiti in Scozia non l'aveva vista nemmeno lontanamente spesso quanto gli sarebbe piaciuto. Seth era nato quasi un anno prima, e lui lo aveva visto solo due volte. Gli sarebbe piaciuto un sacco passare del tempo con Maria e suo nipote per Natale, ma non se questo voleva dire che doveva per forza passare del tempo anche con suo padre. Magari poteva organizzare le cose in modo da andare a trovarla per qualche giorno più avanti.

«Perché sa che la cosa ti metterebbe sulle spine, e non vuole usare il suo bambino come leva per farti accettare a forza di sensi di colpa.»

Quell'onestà gli strappò uno scoppio di risate sorprese. «Quindi lo stai facendo tu al posto suo?»

«Sì.» Aveva un tono deciso. «Io non sono al di sopra del ricatto emotivo. Maria non è l'unica che vuole vedere riunita tutta la sua famiglia per Natale. È passato troppo tempo, Nick. È ora che tu e tuo padre sistemiate le cose.»

«Io non voglio...»

«Nick! Lo so che in passato le cose sono state difficili ma lui è cambiato, lo vedrai da te se gli darai una possibilità. Ha smesso di bere, e sta tenendo duro questa volta. Ormai è quasi un anno. So che vorrebbe un'opportunità per riaggiustare le cose con te, però è troppo orgoglioso per chiedertelo.»

Oppure troppo vigliacco, pensò lui. La rabbia gli si accumulò nello stomaco, rovente.

Poi, a voce più bassa, sua madre aggiunse: «Mi manchi, Nick. Per favore, vieni a casa.»

«Ci penserò,» disse lui. «Adesso devo andare. Sto cucinando ed è quasi pronto.»

«Okay.»

«Ciao, mamma.» Chiuse la telefonata e si lasciò cadere su una delle sedie della cucina con un ringhio di frustrazione.

«Che succede?» Jackson diede le spalle ai fornelli e inarcò un sopracciglio con aria comprensiva. La loro amicizia era iniziata abbastanza presto perché avesse assistito all'allontanamento tra lui e i suoi genitori.

«Vuole che vada a casa per Natale.» Nick sospirò. «E lo vuole anche Maria... anche se apparentemente lei non me lo voleva dire. Però mia madre non ha remore a giocarsi la carta del primo Natale del nipotino per provare a convincermi.»

«Hai intenzione di farlo?» Jackson aggrottò la fronte.

«Non lo so. È pronto quel pollo?» Aveva fame, e voleva del tempo perché il turbinio dei suoi pensieri si calmasse un po'. «Possiamo parlarne più tardi?»

«Sicuro. Come preferisci.»

Mangiarono davanti alla TV. Jackson decise di guardare *Deadpool,* uno dei film preferiti di tutti e due, e Nick fu ben lieto che fosse qualcosa che aveva già visto, perché non era in grado di concentrarsi a sufficienza. Il suo rilassante venerdì sera era stato mandato all'aria, e l'ansia lo stava tirando come un bambino che tentasse di accaparrarsi la sua attenzione.

Diede un'occhiata di soppiatto a Jackson che rideva per qualcosa sullo schermo, e i duri spigoli del suo umore si ammorbidirono.

Era grato di avere un così buon amico. Anche se era bello avere qualcuno con cui parlare quando ne aveva bisogno, contava ancora di più avere qualcuno che gli permetteva di *non* parlare finché non fosse stato pronto. La solida presenza di Jackson lo faceva sentire consolato e al sicuro. Jackson gli guardava sempre le spalle. Avrebbe aspettato finché lui non fosse stato pronto a buttar fuori tutti quei suoi pensieri aggrovigliati, e lo avrebbe aiutato a sgrovigliarli, se necessario.

TERMINATO il film e iniziati i titoli di coda, si voltò verso Jackson. «Credo di volerlo fare.»

«Sì?» Jackson prese il telecomando e spense la TV.

«Già. Direi che posso farcela a stare sotto il suo stesso tetto per un paio di notti. Almeno non beve più.»

«Sei sicuro?»

«No,» replicò lui. «Neanche un po'. Però è l'opzione meno schifosa. Io voglio vedere mia sorella e la sua famiglia, e Maria vuole vedere me. Non voglio che ci perdiamo la possibilità di stare assieme per colpa di mio padre.»

«Sì, capisco.» Jackson annuì, poi aggiunse: «Però devi dirlo tu a mia mamma, perché sarà distrutta se non verrai per Natale.»

«Sì. Glielo dirò.» La madre di Jackson era diventata una sostituta della sua, e lo trattava come se fosse di famiglia.

Gli si strinse il cuore al pensiero di perdersi il loro tipico, rumoroso, caotico Natale.

Era impazzito per voler tornare a casa? Sarebbe stato perso fra persone che erano peggio che estranei. Almeno, con gli estranei non aveva aspettative, mentre la maggior parte dei suoi rapporti familiari erano tesi e difficili.

Da anni scambiava a malapena poco più che qualche parola con suo padre. Perfino al funerale di sua nonna aveva fatto educatamente le condoglianze e poi aveva evitato il padre per il resto del pomeriggio. E anche con sua madre le cose erano complicate, con anni di risentimento e sensi di colpa accumulati l'uno sull'altro da entrambi i lati. Lui e il fratello minore, Pete, non erano mai andati d'accordo. Vicini per età e nient'altro, avevano passato l'infanzia a litigare. Durante l'adolescenza si erano allontanati, troppo diversi per trovare un qualsiasi terreno comune.

L'unica che poteva considerare una vera alleata era sua sorella Maria – e il marito, Adrian – ma era inevitabile che venissero distratti dalla responsabilità, adesso che erano genitori. Non poteva aspettarsi troppo da loro due.

«Vorrei che potessi venire con me,» disse, malinconico. «Potrebbe farmi comodo un po' di sostegno morale.»

Calò il silenzio, e Nick si pentì immediatamente di aver dato voce ai propri pensieri. Non era giusto chiedere a Jackson che rinunciasse a vedere la propria famiglia per Natale, anche se era fattibile.

«Io ci verrei,» disse Jackson. «Se tu vuoi che venga.» Il suo sguardo era saldo e sicuro.

«Ma non posso semplicemente invitarti a casa per Natale. Lo troverebbero strano. Cioè... lo sanno che siamo uniti e che di solito passiamo il Natale assieme dai tuoi. Però è diverso.»

«Mmh. Sì, penso di sì.»

«A meno che...» Nel suo cervello iniziarono a girare gli ingranaggi. Si stava delineando un piano. «E se gli dicessi che adesso sei il mio ragazzo? Così non sembrerebbe strano chiedere se puoi venire con me, e loro non potrebbero certo dire di no, ti pare?» Con Jackson al proprio fianco, sapeva che avrebbe potuto affrontare l'abituale disapprovazione e ostilità di suo padre.

Jackson sgranò gli occhi. «Uhm, no. Però, Nick...»

«Sì. Lo so. Non è giusto chiederti di rinunciare al Natale con la tua famiglia. Mi dispiace, amico. È stata una stu...»

«Non è questo quello che stavo per dire.»

«Cosa, allora?»

Jackson si passò una mano tra i capelli e abbassò lo sguardo per un attimo, prima di guardarlo negli occhi. Poi, con la fronte aggrottata, chiese: «Non sarebbe strano? Far finta di stare assieme come una coppia, comportarci come se fossimo innamorati?»

Nick lo fissò. Amava Jackson come un fratello, e non aveva mai pensato a lui in altro modo, però era innegabilmente attraente. Anche se erano abituati a vivere assieme, in effetti condividere una stanza, e un letto, sarebbe stato strano. Quando la sua immaginazione riempì gli spazi vuoti, il suo battito accelerò. «Sì, mi sa di sì. Hai ragione. Scordatene. Ci andrò da solo.» Deglutì. «Andrà bene. Posso affrontare un paio di notti, giusto?»

L'espressione di Jackson si ammorbidì. «Nick. È tutto okay. Vengo.»

Lui si sentì dentro un'ondata di calore che gli tolse il fiato. Jackson era sempre stato il suo protettore fin dal momento in cui si erano conosciuti al club, tanti anni prima, quando gli aveva tolto di dosso un ammiratore troppo entusiasta. «Adorerei proprio che lo facessi,» ammise con una voce piccola. «Però solo se sei sicuro.»

«Sono sicuro,» replicò Jackson con fermezza. «A mia mamma non darà fastidio. Mi vede abbastanza spesso, e comunque sarà già un bel po' impegnata con il resto della famiglia.»

«E in quanto alla stranezza? Pensi di poter riuscire a far finta che siamo una coppia?»

«Troverò un modo.» Sollevò gli angoli della bocca, e gli occhi scuri scintillarono di una luce malandrina quando aggiunse: «Sempre se non mangi formaggio, perché quello ti fa scorreggiare come un cane, e se succede io con te non ci dormo.»

Nick si mise a ridere. «Okay. Andata. Niente scorpacciate di formaggio. Promesso.»

«Perfetto. Facciamolo.» Jackson sollevò la sua grande mano perché lui gli battesse il cinque. Quando i loro palmi si toccarono, sorrisero entrambi.

NICK ASPETTÒ un paio di giorni prima di chiamare sua madre. Un po' per lasciarla bollire nel suo brodo, e un po' nel caso Jackson cambiasse idea.

Quando fu pronto per telefonarle andò in soggiorno alla ricerca di Jackson, che era sul sofà con il controller della Xbox in mano, e sullo schermo due massicci lottatori di wrestling che si scagliavano l'uno contro l'altro.

«Fra un minuto vado a chiamare mia madre,» disse Nick. «È la tua ultima possibilità di chiamarti fuori.»

Jackson mise in pausa il gioco e sollevò lo sguardo. «Nah. Ci sto. Potrebbe essere divertente. Sarà come essere una spia o un agente segreto o roba del genere.»

Nick sogghignò. «Quindi, sei pronto ad accettare questa missione?»

«Già. Operazione Fidanzato Fasullo. Facciamolo.» Gli fece un pollice in su ricambiando il sogghigno, e poi ritornò alla sua partita.

Nick si sedette all'altra estremità del divano, con la familiare sagoma di Jackson proprio lì accanto a lui, un rassicurante promemoria del fatto che non fosse solo in quella faccenda. «Ci siamo.»

«Buona fortuna.»

Nick prese un respiro profondo prima di toccare il pulsante di chiamata. Poi, con il cuore che martellava, rimase lì ad aspettare mentre dall'altra parte il telefono squillava e squillava, sino a che, alla fine, non scattò la segreteria telefonica.

«Ma porco cazzo!»

Jackson gli scoccò una rapida occhiata. «Cosa c'è che non va?»

«Perché la gente non si porta dietro il cellulare? Insomma, che senso ha avere un telefono portatile se non te lo porti in giro? È portatile. C'è l'indizio proprio lì nel nome!» Si era caricato ben bene per parlare con lei, e non voleva farlo con un messaggio. «Accidenti. Adesso dovrò chiamare il fisso, e ci scommetto che risponderà mio padre.»

Fanculo tutto. Selezionò il numero e avviò di nuovo la chiamata prima di mettersi a fare il coniglio.

«Pronto?» La voce di suo padre gli era ancora talmente familiare.

Gli fece risuonare qualcosa dentro, nel profondo, evocando uno strano tiramolla di struggimento e furia. Strinse più forte il telefono e chiuse l'altra mano a pugno, affondandosi le unghie nel palmo. «Ciao. Sono Nick,» disse seccamente. «C'è mia... c'è mamma?» La parola *mamma* gli si incastrò in gola.

Ci fu una breve pausa e poi suo padre replicò: «Sì, aspetta.» Si sentì un fruscio e poi di nuovo la voce, più lontana e attutita, che chiamava: «Sue! C'è Nick per te.»

Degli altri fruscii, e pochi secondi dopo sua madre disse tutta vivace: «Ciao, Nick. Come stai?»

«Bene.» Non stava chiamando per fare quattro chiacchiere, quindi andò dritto al punto. «Ho deciso di venire per Natale. Solo un paio di notti, però.»

«Oh, tesoro! È fanta...»

«Però porterò qualcuno con me. Suppongo che vada bene.» Diede un colpetto a Jackson con il piede coperto dal calzino, facendogli un sogghigno quando lui si voltò a guardarlo.

«Qualcuno? Chi?»

«Il mio compagno.» Lo aveva istintivamente fatto salire di livello. *Ragazzo* aveva un suono troppo disinvolto, troppo giovanile. Lui voleva che i suoi prendessero sul serio quella reazione fasulla. Jackson inarcò le sopracciglia.

«Compagno?» Nella voce di sua madre era palese lo shock. Era chiaro che stava ottenendo molto più di ciò che aveva contrattato quando gli aveva chiesto di tornare all'ovile.

Poi ci fu silenzio, quindi Nick chiarì il concetto. «Sì,

compagno. Hai presente, il mio partner, il mio ragazzo, la mia altra metà, come preferisci chiamarlo.»

«Sì, sì. Ho capito. Scusa. Sono solo sorpresa perché tuo padre e io non avevamo idea che avessi un... compagno.» Pronunciò quella parola come se non le fosse familiare. «Maria non ha mai detto che avevi una relazione.»

Merda. Per quello non aveva fatto piani. Avrebbe dovuto chiamare Maria e spiegarglielo. Sapeva che poteva fidarsi di lei e che sarebbe stata al gioco con quella recita, e che avrebbe convinto Adrian a fare lo stesso. «Beh, e perché avrebbe dovuto?» domandò in tono spensierato. «Non sono cose che riguardano lei, e non le piace fare l'intermediaria.»

«Sì. Certo.» Sua madre pareva imbarazzata. *Bel salvataggio.* Nick si diede mentalmente una pacca sulla spalla intanto che lei continuava: «Beh. Che bella cosa, Nick. Come si chiama?»

«Jackson.» Riportò lo sguardo sull'amico, che era tornato a concentrarsi sul gioco.

«Jackson? Non è quel tale con cui condividi l'appartamento? Maria ci aveva parlato di lui.»

«Sì, esatto.»

«Pensavo che foste solo amici.»

«Lo siamo. Cioè...» Annaspò per un attimo. «Lo eravamo. Ma una cosa ha tirato l'altra.» Fece una smorfia a Jackson, che stava ridacchiando per quei suoi inciampi verbali.

«Beh, naturale che sia il benvenuto a stare con noi per Natale. Sarà un piacere conoscerlo, finalmente.»

«Sei sicura che papà non avrà un problema con la cosa? Con noi?»

«No, no,» replicò lei un po' troppo in fretta. «Anche lui

vuole che la famiglia sia riunita per Natale, quindi gli andrà bene, tesoro. Non preoccuparti.»

Considerato il dubbio atteggiamento passato di suo padre riguardo all'omosessualità, Nick dubitava che sarebbe stato granché felice della situazione. Ma se voleva che lui tornasse a casa per Natale, avrebbe dovuto sopportare il fatto che avesse un ragazzo. Jackson era compreso nel pacchetto.

«Okay, fantastico.» Cominciava a piacergli quell'idea, adesso che gli si dipanava davanti nella sua immaginazione. Quale modo migliore per fare il medio con tutte e due le mani a suo padre arrivando lì per Natale con Jackson al seguito, e infliggergli una quantità di dimostrazioni pubbliche di affetto? «Ci vediamo tra qualche settimana, allora. Ciao, mamma.» Magari entro Natale si sarebbe riabituato a chiamarla in quel modo, se avesse continuato a fare pratica mentalmente.

«Ciao, tesoro.»

Quando rimise giù il telefono, Nick si sentiva molto più allegro.

«Compagno, eh?» Jackson inarcò le sopracciglia. «Pare una cosa intensa.»

«Ho pensato che "ragazzo" non trasmettesse abbastanza *gravitas*. Voglio che i miei genitori prendano sul serio questa relazione finta.»

A Jackson scappò uno sbuffo divertito. «Sì, è chiaro.»

Nick riportò l'attenzione allo schermo, restando a guardare mentre Jackson scagliava il suo avversario virtuale sul materassino. «Bella mossa. Ti va di guardare qualcosa in TV quando finisci questo match?» chiese poi..

«Sicuro.»

Mentre si metteva comodo ad aspettare, gli venne da pensare che non avrebbe dovuto essere troppo dura fingere che lui e Jackson stessero assieme. Dopo più di un anno che condividevano un appartamento, e quasi dieci da migliori amici, somigliavano già a una vecchia coppia sposata.

Sarebbe stato facile.

DUE

Dicembre

MENTRE ASPETTAVA VICINO alle casse da John Lewis, Jackson si lasciò sfuggire un profondo sospiro spazientito. Le code erano assurde, e Nick si era appena messo in coda. Lui proprio non capiva perché mai non potesse ordinare la roba online come qualsiasi altra persona sana di mente. Mancava ancora una settimana a Natale, e ci sarebbe stato abbastanza tempo. I negozi potevano anche avere l'aria carina, con tutta la loro sovrabbondanza di neve finta, glitter ed eccessive quantità di lucine, però erano anche strapieni di gente che faceva acquisti.

«Sarà divertente,» aveva detto Nick. «E io detesto ordinare online. Preferisco vedere quello che sto comprando.»

E accidenti a lui per essere tanto persuasivo.

Quel mattino Jackson aveva saltato la palestra per aiutarlo a portare in giro tutti gli acquisti, e adesso che era circondato dalla gente si sentiva sempre più impaziente e innervosito. La tensione gli si stava accumulando nella schiena e le spalle. Aiutare Nick a trasportare le borse fino alla macchina non sarebbe bastato a bruciarla.

Notò una donna che lo guardava con aria nervosa e si rese conto di essersi accigliato. Con la sua altezza e la sua stazza aveva un aspetto intimidatorio, quando era di cattivo umore. Riportò i lineamenti a un'espressione più neutra e tirò fuori il cellulare per distrarsi. Magari, se avesse suonato un po' della sua musica a volume abbastanza alto, sarebbe riuscito ad annegare le irritanti carole natalizie che si rovesciavano fuori dagli altoparlanti.

Con le vacanze in rapido avvicinamento era sempre più in ansia per come sarebbero andate le cose a Natale. Però non si era pentito della sua decisione di accompagnare Nick.

Nick aveva bisogno del suo sostegno. Tornare in visita dai genitori lo avrebbe fatto ripiombare proprio nel bel mezzo di tutto quello da cui aveva lavorato tanto duro per distaccarsi. Anche se il padre aveva smesso di bere, quello non cancellava tutte le volte che lo aveva ferito in passato. Jackson sapeva che le ferite erano state emotive piuttosto che fisiche, ma ciò non rendeva più facile il ritorno. Si sentì rinascere dentro la rabbia nel ricordare quanto era stato difficile per Nick allontanarsi, tagliare i ponti con tutta la famiglia, specialmente con la madre, e con Maria, che a quei tempi abitava ancora a casa.

Già. Quella era una cosa davvero grossa per Nick. Naturale che non volesse tornarci da solo.

Con una vampata di sgradevolissima onestà, si rese conto che neanche lui voleva che Nick affrontasse i genitori da solo. Era contento che gli avesse chiesto di andare, anche se questo significava non vedere la sua famiglia per Natale.

Squadrò la lunga fila di acquirenti. Nick era facile da individuare, per via dei capelli. Quell'arancione bruciato da foglie autunnali catturava la luce e lo faceva risaltare tra la folla. A quella vista gli si allargò il cuore per il calore, e si mise anche a battergli un po' più rapido al pensiero di quello che sarebbe accaduto.

Come sentendosi addosso il suo sguardo, Nick si girò e gli scoccò un'occhiata di scuse, poi tirò fuori il cellulare e si mise a digitare qualcosa.

La suoneria di un SMS interruppe la musica di Jackson, che prese il telefono per guardare il messaggio di Nick: *Scusa se ci sto mettendo così tanto. Il caffè lo pago io.*

Lo spero proprio, gli scrisse lui. Poi rapidamente aggiunse: *e anche la torta?*

Naturale :)

Jackson allungò lo sguardo, sperando di vedere il sorriso di Nick. Non fu deluso. Ricambiò il sorriso, il cuore traditore gli martellava di nuovo nel petto, mentre lui si domandava cosa esattamente avrebbe comportato essere il compagno fasullo di Nick.

Che cosa importa. La tua cotta per lui è finita anni fa, si disse severamente. *Lui è tuo amico e basta.*

LA SERA PRIMA DELLA VIGILIA, giorno in cui avrebbero dovuto andare a casa dei genitori di Nick, erano seduti sul divano a guardare *Babbo Bastardo*, a bere eggnog e a mangiare una scatola di tortine alla frutta secca.

«Come ti senti per domani?» domandò Jackson.

«Okay... Più o meno. Non lo so. Stavo cercando di non pensarci troppo.» Nick si strinse nelle spalle.

«Oh, scusa.»

«Nah, è tutto a posto. Mi conosci. Preferisco non preoccuparmi delle cose finché non succedono.» Si strofinò una spalla, inclinando la testa di lato.

«Ti fa di nuovo male il collo?»

«Un po'. Probabilmente la notte scorsa ho passato troppo tempo al portatile per finire quel progetto.»

«Vuoi che ti faccia un massaggio alle spalle?»

«Oh, lo faresti? Sarebbe fantastico.» Nick stava già andando a sedersi per terra, fra le sue gambe. Si sfilò maglioncino e maglietta insieme e poi si sistemò tra le sue ginocchia.

«Passami l'olio.»

Tenevano l'olio di cocco sul tavolino da caffè, perché quella non era una circostanza insolita. Pareva che Nick avesse sempre i muscoli di collo e spalle contratti, per cui Jackson gli faceva spesso un massaggio davanti alla TV. Ogni tanto Nick ricambiava il favore, se lui era indolenzito per la palestra.

Mentre si versava un po' d'olio nel palmo, si domandò se non fosse strana come abitudine. C'era parecchia intimità in quella cosa per delle persone che avevano un rapporto platonico, anche se erano due uomini gay. Non che ci fosse qualcosa di sessuale nel fare un massaggio a qualcuno, ma la frequenza, la routine disinvolta in cui erano caduti, era probabilmente insolita.

Sembrava il genere di cosa che avrebbe fatto una coppia.

Gli stava passando l'olio sulle spalle, impastando i

muscoli tesi e sentendo che iniziavano a rilasciarsi, quando Nick si lasciò sfuggire un gemito di apprezzamento.

«Ehi, piantala con i rumori da sesso, amico. Ne abbiamo già parlato,» lo stuzzicò.

La replica di Nick fu un gemito ancora più forte, palesemente esagerato.

Jackson alzò gli occhi al cielo, anche se Nick non poteva vederlo. «Idiota.»

«Non posso farci niente. Sei troppo bravo.»

«È quello che dicono tutti i ragazzi.»

Nick si mise a ridacchiare. «Tutti i ragazzi dove? Sei un monaco quanto me.»

Era vero. Da quando si era lasciato con Tomas, l'anno precedente, non aveva più fatto nessun tentativo di trovarsi un nuovo compagno, e nemmeno di rimorchiare. Dopo una relazione a lungo termine, tornare agli appuntamenti occasionali e alle storie da una notte lo attirava ben poco. Aveva il cuore troppo ammaccato per affrontare gli inevitabili rifiuti e il senso di incertezza. Continuava a sperare di riuscire a incontrare qualcuno in una maniera più naturale, ma ancora non aveva avuto fortuna.

Continuò a massaggiare le spalle a Nick, godendosi la sensazione della pelle liscia e dei muscoli snelli. Concentrata solo per metà sul film, la sua mente si mise a vagare. Come sarebbero stati i genitori di Nick? E cosa avrebbero pensato di lui?

«I tuoi genitori lo sanno che sono nero?» chiese.

«No.» Nick si voltò, sorpreso. «Non penso. A meno che non glielo abbia detto Maria, ma perché avrebbe dovuto? Vuoi che glielo dica io?»

«Nah. Me lo stavo solo chiedendo. Lascia stare. Non è

importante.»

«Se hanno dei problemi con quello possono andare a farsi fottere per direttissima.» I muscoli di Nick si contrassero sotto le sue mani. «Ma sono sicuro che non ne avranno. Hanno i loro difetti, ma il razzismo non è nella lista.»

«Sì, va bene.» Anche se era figlio di una madre bianca e di un padre dei Caraibi britannici, Jackson era cresciuto in una zona prevalentemente bianca e della classe media, quindi gli era ben familiare quel sottile razzismo che stava in agguato sotto i sorrisi educati e i tentativi di politically correct. «Piantala di essere teso.» Gli diede una pacca sulle spalle. «Stai disfacendo tutto il mio buon lavoro.»

«Beh, tu allora piantala di parlare dei miei genitori. Lo sai che mi stressa sempre.»

Jackson ridacchiò. «Già. Scusa.»

QUELLA SERA, sdraiato sotto le coperte, la sua mano andò verso l'uccello come spesso capitava quando si preparava a dormire. Si accarezzò pigramente, i pensieri che vagavano, domandandosi cosa gli avrebbero portato i giorni successivi. Senza il suo permesso consapevole la sua mente prese un sentiero che lo portò a immaginare come sarebbe stato avere Nick nel letto accanto a sé. Gli passò dentro un'ondata di eccitazione, ma lui la ricacciò indietro all'istante.

No. Non voglio pensarci.

Quando si erano conosciuti, era venuto pensando a Nick più volte di quanto gli piacesse ammettere. Lo aveva ammirato da lontano al club fino al giorno in cui era intervenuto quando Nick era stato molestato da uno schifoso ubriaco. Dopodiché erano diventati amici, e lui aveva sempre avuto voglia di chiedergli di uscire, però non aveva mai trovato il momento giusto. Nick era sempre coinvolto con un tizio o con l'altro, e i ragazzi che frequentava erano sempre stati più grandi e più sofisticati di lui, e lo avevano trattato invariabilmente di merda. Alla fine aveva rinunciato a qualsiasi cosa che non fosse l'amicizia e si era concesso di innamorarsi di Tomas, invece.

Quei suoi sentimenti per Nick erano così lontani nel passato che gli sembrava sbagliato fantasticare su di lui adesso, quasi come se stesse pensando al proprio fratello. Tirò fuori la mano dai boxer e si rigirò su un fianco, le mani ben al sicuro sotto il cuscino, dove non potevano toccargli l'uccello.

Però Nick non è tuo fratello, si mise a discutere una piccola vocina traditrice, cercando di dargli il permesso.

Jackson affondò il viso nel cuscino con un gemito. Se voleva superare il Natale senza rendere imbarazzante la situazione doveva diventare più bravo nell'addestrare il proprio cervello, e il proprio corpo, a comportarsi bene.

Aveva realizzato molto tempo prima di non essere il tipo di Nick. Era troppo gentile. Nick era attratto dagli stronzi narcisisti, e guardare quello schema ripetersi una volta dopo l'altra era stato quasi troppo per riuscire a sopportarlo. Quando le cose inevitabilmente finivano di merda, lui era sempre lì a raccattare i pezzi del cuore infranto di Nick. E meno male, cazzo, che il tutto si era finalmente interrotto un paio d'anni prima, quando aveva iniziato con il counseling. Da allora era rimasto single, e celibe, e pareva più felice.

. . .

JACKSON LANCIÒ UN'OCCHIATA A NICK. «STAI BENE?»

«Sì.» Nick aggrottò la fronte fissando la strada dritto davanti a sé e aumentò la presa sul volante. «Beh, in realtà *no*. Non sto bene, però posso gestire la cosa. E che tu me lo chieda ogni dieci minuti non mi sta aiutando.»

«Giusto.» Jackson strinse le mani a pugno tentando di resistere all'impulso di dargli una rispostaccia.

Nick non era il solo a essere nervoso. Neanche lui non stava esattamente aspettando con impazienza le imminenti presentazioni, ma sollevare quell'argomento sarebbe stato d'aiuto. «Cercherò di smettere di chiedertelo.»

Se non altro, finalmente aveva ottenuto una risposta onesta. Nick era stato teso per tutto il giorno, si era agitato per i bagagli e si era tormentato sull'ora giusta per partire. Poi aveva insistito per guidare, anche se lui si era offerto di farlo. Il traffico era stato prevedibilmente tremendo, dovendo uscire da Londra assieme a un'orda di altri viaggiatori della vigilia che stavano abbandonando la capitale, e Nick aveva passato la maggior parte di quelle tre ore a sbraitare contro gli altri utenti della strada.

Nick sospirò. «Mi dispiace, amico. Sono solo... beh, lo sai. Ho la testa che è un casino. Però non dovrei prendermela con te.» Gli fece un rapido sorriso imbarazzato.

«Già, non dovresti. Ma te la lascerò passare.»

«Ci siamo quasi. Dobbiamo uscire al prossimo svincolo e poi non è lontano. Probabilmente mi sentirò meglio quando ci saremo lasciati alle spalle il primo incontro.»

Stavano deliberatamente arrivando verso fine giornata, in modo da essere gli ultimi della famiglia a comparire.

Nick stava tentando di ridurre al minimo il tempo che avrebbe dovuto passare con i genitori.

«Quindi... uhm. Come ce la vogliamo giocare questa messinscena?» chiese lui. «Dobbiamo fare qualcosa di diverso da quello che facciamo di solito? Suppongo di no, in realtà, a parte condividere una stanza, ovviamente...»

«Oh, voglio decisamente essere molto ovvio al riguardo,» disse Nick. «Mio padre mi ha fatto sentire di merda per via della mia sessualità dal primo momento in cui mi sono reso conto di essere diverso. Ho internalizzato talmente tanta merda omofoba da lui per colpa dei commenti che faceva riguardo le cose alla TV o sui giornali. Ha smesso dopo che mi sono dichiarato, ma era troppo tardi. Sapevo già come la pensava. Quindi adesso voglio esibire la mia sessualità. Voglio mostrargli che non mi vergogno di quello che sono.»

«Okay.» In cosa accidenti era andato a cacciarsi? «Che genere di cose avevi in mente?»

Nick doveva aver sentito la trepidazione nel suo tono, perché si mise a ridacchiare. «Non preoccuparti. Non sto progettando di toccarti l'uccello davanti a lui o cose simili. Parlo solo di tocchi casuali, tenersi per mano, metterti un braccio attorno sul divano, magari un bacio sulla guancia qua e là. E una pomiciata sotto il vischio, ovviamente.»

Jackson riuscì a reagire con una risata nervosa. «Oh, giusto. Già. Naturale.» Il suo cervello era ancora inutilmente bloccato sull'idea di Nick che gli toccava l'uccello.

«E dai, di sicuro pomiciare con me non è una prospettiva tanto terribile, no? Mi hanno detto che sono fantastico a baciare, e ho un'ottima igiene orale.»

«Sono sicuro che ce la farò.» Riuscì a mantenere un

tono leggero, però il cuore gli stava martellando impazzito.

Venti minuti più tardi si mise a battere ancora più in fretta quando Nick lasciò la stretta stradina di campagna per svoltare su un viottolo bordato di alte siepi sempreverdi, dicendo: «Eccoci qua.»

Il viottolo si aprì su un vialetto di ghiaia davanti a un edificio che aveva l'aria di essere stato una fattoria, una volta. Il sole di quel pomeriggio invernale donava ancora più calore ai muri di pietra calcarea. Era bellissimo, e così anche il giardino un po' arruffato che lo circondava.

Jackson rimase a fissarlo, sbalordito. «Wow. Non mi avevi detto che casa tua era così sciccosa.»

«Non è casa mia,» disse Nick in tono piatto.

«Okay, però sai cosa intendo. È qui che abitavi quando eri piccolo?»

«Già.»

«Fa parecchio colpo.»

Nick si strinse nelle spalle, intanto che parcheggiava davanti alla casa. «Suppongo. Da bambino mi limitavo a darla per scontata. D'accordo. Sei pronto?»

«Non proprio. E tu?»

Quello gli fece guadagnare una risata. «No. Facciamolo e basta, però.»

Scesero dall'auto. Jackson stava andando ad aprire il bagagliaio, ma Nick disse: «Lascia stare le valigie, per adesso. Vieni.»

Mentre si avvicinavano assieme alla porta d'ingresso, Nick lo prese per mano. «Va bene così?» domandò a bassa voce.

«Sì.» Jackson sperava di non avere il palmo troppo sudato per via dei nervi. «Va bene.»

TRE

Nick aveva lo stomaco agitato per l'ansia quando suonò il campanello. Con ogni singola cellula del suo corpo che gli urlava di mettersi a correre nella direzione opposta, solo la calma rassicurazione della mano di Jackson che teneva la sua in una stretta decisa gli impedì di scappare via.

«Sono così contento che tu sia qui,» mormorò.

Jackson gli strinse la mano un po' più forte.

Passò qualche altro doloroso secondo, poi finalmente la porta si aprì a rivelare Maria, che rivolse loro un sorriso smagliante.

«Nick, Jackson! La coppia felice.» Fece l'occhiolino con aria complice prima di catturarli entrambi in un abbraccio e baciarli sulle guance. «Sul serio, però, Nick,» bisbigliò. «Non riesco a crederci che tu lo stia facendo, ma sono così contenta che tu sia qui. Sarà fantastico passare il Natale con te. Con voi due.» Fece un sorriso a Jackson, intanto che li lasciava andare.

«Sì, beh. Ho pensato che ormai era ora.» Nick riuscì a ricambiare con un mezzo sogghigno. Era difficile non rallegrarsi di fronte alla palese gioia di Maria per la sua presenza.

«Venite in soggiorno, mamma e papà sono lì.» Si girò per far loro strada.

Nick chiuse la porta e la seguì, con Jackson al suo fianco. Gli si era scatenato dentro un esercito intero di farfalle. Si preparò ad affrontare suo padre, e afferrò di nuovo la mano di Jackson.

Quando entrarono nella stanza, controllò in giro come un animale al pascolo in cerca di predatori, e si sentì scorrere dentro un fiotto di adrenalina quando incrociò il freddo sguardo grigio di suo padre per una frazione di secondo, prima che questi spostasse la propria attenzione su Jackson. Nick provò una selvaggia soddisfazione nel veder scivolare via la maschera impassibile del padre, che stava studiando Jackson con gli occhi sgranati. Abbassò lo sguardo per un attimo alle loro mani unite, prima di alzarsi in piedi per accoglierli.

«Nicky, tesoro! Che meraviglia vederti.» Sua madre gli piombò addosso, e per darle un abbraccio e un bacio sulla guancia dovette lasciar andare la mano di Jackson.

«Ciao. Anche per me è bello vederti,» disse educatamente. Forse sarebbe stato bello. Era troppo presto per saperlo.

Aveva sentito la mancanza di sua madre quando aveva cominciato a prendere le distanze dal padre, ma la perdita dei loro rapporti era stata un danno collaterale. La lealtà di lei nei confronti del marito aveva reso la situazione impossibile. Avevano continuato a comunicare, ma passando raramente del tempo assieme di persona. Tutti i loro incontri erano stati a matrimoni, funerali o altri grandi raduni sociali, quindi c'erano state poche opportunità per un legame genuino.

Si districò gentilmente. «Jackson, questa è mia madre. Mamma, ti presento Jackson.»

«Jackson, benvenuto.» Aveva un sorriso innaturalmente luminoso e una voce liscia come l'olio con sopra una vernice di attenta educazione, quando gli porse la mano. «Abbiamo sentito tanto parlare di te. Ma è davvero un piacere incontrarti, finalmente.»

«Lo stesso vale per me, signora Carling.» Jackson le strinse la mano.

«Sue, per favore. Non c'è bisogno di tante cerimonie.» Le scappò una risata nervosa.

«Sue.» La voce profonda di Jackson era calma e sicura. Nick gli invidiò quella sicurezza di sé, e si domandò che cosa stesse succedendo sotto la superficie. Avvertì una fitta di senso di colpa nel rendersi conto che era stato così immerso nelle proprie angosce per tutto il giorno che non aveva nemmeno chiesto a Jackson come si sentisse. Tutto quello che aveva fatto era stato sbottargli contro quando l'amico aveva tentato di essere di sostegno.

Si voltò verso suo padre, che gli tese la mano con un cenno del capo imbarazzato.

«Nick,» disse, burbero.

Nick gli strinse la mano, usando deliberatamente una presa bella decisa. «Papà.» Quella parola per poco non gli si incollò in gola, ma non lo aveva mai chiamato *Padre* quando era piccolo, e farlo adesso sarebbe sembrata una cosa strana, passivo-aggressiva.

Poi suo padre si voltò verso Jackson, porgendo di nuovo la mano. «Jackson. Benvenuto.»

«Salve, signor Carling. Grazie,» disse Jackson. Nick sentì un pizzico di compiaciuta soddisfazione nel notare il modo in cui la mano di Jackson faceva sembrare quella di suo padre come quella di un nano.

Sua madre si schiarì la gola.

«Puoi chiamarmi Reg.» Suo padre lasciò andare la mano di Jackson e arretrò di un passo. «Com'è andato il viaggio? Era brutto il traffico?»

«Infernale,» disse lui, tentando di non sogghignare per il sollievo. Le discussioni sul traffico e il meteo erano un modo che impediva alle interazioni sociali britanniche di impantanarsi troppo. «Però almeno ce lo aspettavamo. La vigilia di Natale è inevitabile, no?»

Suo padre fece un mezzo grugnito di assenso.

«Sì, assolutamente.» Sua madre annuì. «È sempre tremendo.»

Nick si guardò attorno. «Dove sono tutti gli altri?»

«Adrian è andato a correre con Pete,» spiegò Maria. «E Seth sta dormendo, però se tra poco non si sveglia lo farò io, altrimenti non dormirà stanotte.»

«Volete portare dentro le borse dalla macchina?» chiese sua madre. «Io intanto riscaldo delle tortine e metto su il bollitore. Preferite tè o caffè?»

«Tè, grazie,» replicò Nick.

«Sì, tè anche per me,» disse Jackson.

«Dove dormiamo?» domandò Nick. Dirlo al plurale gli diede un altro piccolo fremito. Era piacevole affrontare i suoi genitori come una metà di una coppia gay, anche se non era una vera relazione.

«Nella tua vecchia stanza,» replicò sua madre senza

batter ciglio. «Ma non preoccuparti, adesso c'è un letto matrimoniale.»

«Lieto di sentirlo. Penso che faremmo fatica a dividerci un letto singolo, vero, dolcezza?» Nick diede un colpetto di gomito a Jackson, che sogghignò.

«Già. Riesco a malapena a starci da solo, in un letto singolo.»

Nick non riuscì a resistere e lanciò uno sguardo a suo padre, che aveva l'aria di aver appena succhiato un limone. «D'accordo. Andiamo a prendere la nostra roba,» disse poi, in tono spensierato.

«Dolcezza,» commentò Jackson non appena furono fuori, vicino alla macchina. «Seriamente?»

«Mi è venuta fuori così. Stavo andando a braccio.» E gli era sembrato stranamente naturale, ma quello non aveva intenzione di ammetterlo.

Jackson allungò una mano per prendere una delle valigie, sollevandola senza sforzo. «E io con che vezzeggiativo ti devo chiamare? Caramellina? Confettino?»

Nick ridacchiò. «Lascio la decisione a te.» Prese la sua valigia e la tirò fuori dalla macchina. Non c'era nient'altro da trasportare perché Jackson aveva già preso le borse con i regali e le bottiglie di vino. «Vuoi che la prenda io una di quelle?»

«Nah, sono a posto.»

«Beh sì, tanto vale sfruttarli quei muscoli.»

«Esatto. O li usi o li perdi,» sogghignò Jackson.

Nick lo studiò per un attimo. Il corpo di Jackson era il perfetto triangolo capovolto della mascolinità, con le spalle larghe e la vita e i fianchi stretti, ma il culo e le cosce riempivano i jeans a meraviglia.

Dannazione.

Tendeva a dimenticare quanto fosse attraente il suo migliore amico, perché lo conosceva da così tanto tempo che lo dava per scontato. Ma Jackson era davvero un gran bell'uomo.

«Che cosa c'è?» Jackson inarcò un sopracciglio, con l'aria curiosa.

Nick sogghignò. «Stavo solo pensando che me la sono cavata proprio bene a finire con te come compagno. Sei roba da urlo.»

Jackson sgranò gli occhi e per un attimo o due tra di loro ronzò una strana tensione, poi parve riprendersi dalla sorpresa. «Beh, grazie, zuccherino,» disse, tutto disinvolto. «Non sei tanto male neanche tu.»

«Zuccherino?»

«Già. Fattene una ragione. Forza, dai. Portiamo dentro queste,» disse Jackson. «Sono pronto per una tazza di tè e una tortina di frutta.»

Quando arrivarono al pianerottolo del piano di sopra, Nick aprì la porta della sua vecchia camera da letto e rimase sorpreso di scoprire che non era poi così diversa da come la ricordava. Le pareti erano state chiaramente ridipinte da quando le aveva rovinate con l'attaccatutto rimovibile e i poster delle varie band, e avevano una sfumatura di grigio-azzurro molto simile a quella di prima. La moquette e le tende erano le stesse, e così anche i mobili, a parte il letto doppio che adesso dominava lo spazio. I dorsi dei libri sugli scaffali gli erano familiari, titoli che aveva letto da bambino, e perfino dei vecchi libri di scuola.

Un po' della sua vecchia roba era stata ovviamente buttata via, oppure messa negli scatoloni, quindi non era un reliquiario lasciato intatto e in attesa del suo ritorno. Però non era neanche la stanza degli ospiti senz'anima che si era aspettato. Anche se i suoi amati poster delle band erano spariti, erano stati sostituiti con dei quadri piuttosto belli. Si fermò ad ammirarne uno che ritraeva un cottage con il tetto in paglia che riconobbe. Era in un paese lì vicino. Doveva averlo dipinto un artista locale.

«Che lato del letto vuoi?» chiese Jackson. «Porta o finestra?»

«Finestra.» Nick mise giù la valigia ai piedi del letto e andò a guardare il panorama che ricordava ancora tanto bene dall'infanzia.

Neanche il giardino era cambiato granché, c'erano sempre le stesse aiuole e gli stessi vecchi cespugli al margine del prato. La betulla argentata in fondo era molto più alta adesso, e aveva quasi raggiunto gli alberi del bosco oltre la recinzione.

«Mi sembra che sia andata bene.» La voce di Jackson lo richiamò indietro dai ricordi di giorni d'estate trascorsi a fare torte di fango nelle aiuole con fratello e sorella, oppure a rincorrersi per il giardino con il tubo per innaffiare.

«Mmh?»

«Incontrare i tuoi. Il ricongiungimento. È andata piuttosto liscia.»

«Suppongo.»

Nessuno si era messo a urlare contro nessuno. Dopo essersi preparato per il dramma, Nick aveva trovato quasi sconcertante quella calma. Per certi versi gli era sembrato di stare incontrando dei lontani conoscenti, invece delle persone che lo avevano cresciuto.

Si sedette sul bordo del materasso e rimbalzò un po' su

e giù. «Sembra comodo. Molto meglio del mio vecchio letto.» Rimbalzò un po' più forte, facendo scricchiolare la struttura. «Cigola un po', però.»

«Piantala!» disse Jackson. «Con tutta probabilità dal piano di sotto sembra un rumore equivoco.»

Nick sogghignò. «Meno male che stiamo due piani sopra il soggiorno, allora. Secondo te loro pensano che ci diamo dentro nel momento esatto che siamo dietro una porta chiusa?» Poi gli scappò uno sbuffo sarcastico e aggiunse: «In effetti, sì. Mio padre probabilmente lo penserebbe. Ci scommetto che secondo lui noi gay siamo tutti fissati con il sesso e lo facciamo costantemente come conigli. Secondo me fa parte dei motivi per cui è un omofobo. È geloso perché si sta perdendo le orge.»

Jackson si mise a ridere. «Lo pensi proprio?»

«È una delle mie teorie.»

«Beh, smettila di rimbalzare e comincia a disfare i bagagli. Ho fame.»

Non ci volle molto per svuotare le valigie.

Jackson indicò le altre borse con un gesto. «Con queste che facciamo?»

«Tanto vale portarle giù. Mettiamo i regali sotto l'albero e diamo a mia madre vino e cioccolatini.» Aveva chiesto a sua madre se doveva portare il vino o qualcosa di analcolico, invece. Con suo gran sollievo, lei aveva detto che il vino era okay. Proprio non gli sarebbe piaciuto affrontare il Natale senza un po' di alcol a smussare gli spigoli.

Tornarono di sotto.

«Penso ci sia qualcuno in cucina. Da questa parte.» Nick seguì quel suono di acciottolio. «Ciao, mamma.

Abbiamo portato qualche bottiglia di vino e dei cioccolatini. Li lascio sul bancone?»

«Sì, grazie, tesoro.» Smise un attimo di tirare fuori dei piatti per guardare. «Sembrano una meraviglia.»

«Le serve una mano con qualcosa?» domandò Jackson.

«No, ma grazie per l'offerta. Voi due andate pure in soggiorno. Credo che Maria stia giusto svegliando Seth.»

Trovarono suo padre da solo, seduto in poltrona che faceva le parole crociate. Quando entrarono lui alzò lo sguardo e fece loro un breve cenno del capo.

«Metto i regali sotto l'albero?» chiese Nick. Anche se era sistemato nel solito posto, nel vano della finestra sporgente, e tutto decorato con palline, ghirlande e lucine, il pavimento subito sotto di esso era sorprendentemente spoglio, per essere la vigilia di Natale.

«Uhm. Sì, immagino di sì,» disse suo padre. «Però forse è meglio lasciarli nella borsa, per adesso. Maria sta avendo dei problemi già così a tenere Seth lontano dall'albero.»

«Wow. Allora gattona?» Nick infilò la borsa nell'angolo dietro l'abete.

«Assolutamente. E gli interessa tutto quanto.» L'espressione di suo padre si ammorbidì, aprendosi in un sorriso indulgente che Nick non riconobbe. Stava guardando la porta, alle sue spalle. «E parlando del diavolo... eccolo lì, lo scimmiottino.»

Nick si voltò e vide Maria entrare con un Seth dall'aria insonnolita appoggiato sul fianco. «Ho dovuto svegliarlo, altrimenti avrebbe dormito fino all'ora di cena,» disse mentre il bambino studiava sospettoso i nuovi arrivati.

«Pensi che si ricordi di me?» chiese Nick. Erano passati almeno tre mesi dall'ultima volta che li aveva visti.

«Probabilmente no. Però si abitua in fretta alle persone nuove. Siediti. Si sentirà più tranquillo se non gli incombi addosso.»

Nick e Jackson si sedettero su uno dei divani, mentre Maria si accomodava sull'altro con Seth su un ginocchio. Il piccolo fissò prima lui e poi Jackson studiandoli entrambi con attenzione, poi sembrò decidere che non erano una minaccia, e iniziò a divincolarsi per farsi mettere giù.

«D'accordo, vai, allora.» Maria lo mise sulla moquette, accanto ai propri piedi. Rimase seduto lì per un attimo, dopodiché oscillò in avanti, sulle mani e sulle ginocchia, e cominciò a gattonare verso Jackson.

«Wow! Guarda come marcia,» commentò Nick.

«È un bel cambiamento dall'ultima volta che lo hai visto, eh?» disse Maria.

«Totale.» Nick rimase a fissare sbalordito Seth che si issava aggrappato ai jeans di Jackson fino a restare in piedi sulle gambine traballanti, ondeggiando come un ubriaco e sorridendo deliziato.

«Ma ciao, amico.» Jackson sorrise al piccolo, e quella vista fece sbocciare qualcosa di caldo nello stomaco di Nick.

«Non riesco a credere che adesso sia capace di stare in piedi. È fenomenale.»

«Lo so.» Maria sorrise. «È incredibile sul serio. Secondo me non gli manca molto per fare i primi passi.»

«Ehi, Seth,» disse Nick. «Ma guardati!» Gli tese una mano, e Seth si inclinò verso di lui e gli afferrò le dita con la manina grassoccia, prima di perdere interesse, lasciarsi cadere giù sul sedere, e ripartire gattonando ad alta velocità verso l'albero di Natale.

Maria lo intercettò, tirandolo su da terra e ignorando lo squittio di protesta. «Su, forza, Sethie. Tiriamo fuori un po' dei tuoi giocattoli.»

«Scommetto che è una faticaccia adesso che si muove in giro,» disse Jackson. «Mi ricordo che con mia nipote il gattonare è stato un grosso punto di svolta.»

«Dio, sì. Ci sta distruggendo.» Maria ridacchiò. «Sono talmente grata che faccia almeno un lungo pisolino ogni giorno, altrimenti sarei ridotta un macello. Su, guarda, Seth, giochiamo con la palla, non con l'albero.» Si sedette sul pavimento e fece rotolare verso il piccolo una palla imbottita. «Falla rotolare di nuovo verso mammina. Ecco, così.»

Entrò sua madre, dicendo: «D'accordo. Le tortine sono pronte. Qualcuno può aiutarmi a portare il vassoio?»

Jackson si alzò immediatamente in piedi. «Ma certo.»

Quello gli fece guadagnare un sorriso. «Grazie, Jackson.»

Nick sentì una fiammata d'orgoglio. Si stava comportando da perfetto fidanzato fasullo. E decisamente sua madre sembrava approvare, per il momento.

Jackson ritornò con un vassoio carico di piatti, tazze, piattini, una teiera, una brocca di latte, e la zuccheriera. Non c'era da stupirsi che sua madre non avesse voluto trasportarlo. «Basta che lo appoggi lì. Così è perfetto,» disse ancora sua madre. Jackson sistemò con attenzione il vassoio su una bassa credenza dietro il divano. «Seth non riesce ad arrivare fin lassù, per cui dovrebbe essere al sicuro.» Posò accanto al vassoio il grande piatto delle tortine e cominciò a disporre tazze e piattini.

Il rumore della porta d'ingresso annunciò il ritorno dei due che erano usciti a correre.

«Non potevate avere un tempismo più perfetto di così!» commentò Maria mentre Adrian e Pete entravano, con le guance rosee e il fiato corto.

«Tortine? Buone.» A Pete si erano illuminati gli occhi. Poi si accorse di Nick. «Ehi, fratello. È bello vederti.»

«Anche per me.» Nick si alzò in piedi mentre il fratello andava verso di lui.

Si abbracciarono rapidamente.

«Come stai?» chiese Pete.

«Io bene, e tu?»

«Sì, non male.» Pete si voltò a guardare Jackson con interesse. «Tu devi essere Jackson, giusto? Piacere di conoscerti, amico.»

«Anche per me.» Mentre loro due si stringevano la mano Nick notò che Pete si era raddrizzato in tutta la sua altezza e aveva squadrato le spalle. Si domandò se ne fosse consapevole. Era più o meno cinque centimetri più alto di lui, ed era stata una enorme fonte di irritazione per lui quando il suo fratellino lo aveva sorpassato, però doveva comunque alzare gli occhi per incrociare lo sguardo di Jackson. Trattenne un sorriso soddisfatto.

Poi si avvicinò anche Adrian. «Salve.» Diede un abbraccio prima a lui e poi a Jackson. «È davvero fantastico rivedervi.»

«Tu lo avevi già conosciuto Jackson?» domandò Pete.

«Sì, io e Maria eravamo da loro l'estate scorsa.»

«Oh, ma certo. Allora come mai io sono stato l'ultimo a sapere di questa grande storia d'amore?» Pete gesticolò, indicando lui e Jackson. «Nessuno mi dice mai niente.»

«Maria lo sapeva perché lei si tiene in contatto,» replicò Nick, asciutto. «Penso che l'ultima volta che ho avuto tue notizie sia stato con una cartolina di auguri che è arrivata una settimana dopo il mio compleanno.»

«Sì, okay. Va bene.» Pete sogghignò. Poteva anche essere stato uno stronzetto irritante certe volte, però era di buon carattere. «Direi che mi hai rimesso al mio posto.»

«Non lo sapevamo neanche noi.» Il tono di voce di suo padre troncò quell'allegro battibeccare come una doccia fredda. «Quindi non eri l'unico a essere all'oscuro.»

Ci fu uno scomodo silenzio.

«D'accordo, tè e tortina per tutti?» disse vivacemente sua madre. «Mangiamole prima che si raffreddino.»

La complicata impresa di distribuire tè e tortine di frutta secca a tutti quanti e allo stesso tempo tenere impegnato Seth in modo che non afferrasse la tazza di qualcuno fu una gradita distrazione. Quando Nick arrivò alla sua seconda tortina la tensione nella stanza si era quasi del tutto dissolta. Pete gli stava raccontando il suo nuovo lavoro, e Jackson stava chiacchierando con Adrian. Seth era aggrappato alle gambe di Maria, occhieggiando la tortina che lei teneva in mano e ignorando la galletta di riso che sua sorella gli aveva dato.

Nick si ritrovò a estraniarsi quando Pete cominciò a raccontargli di tutto lo snowboard che aveva intenzione di fare per l'anno nuovo. Lanciò di nascosto un'occhiata a Jackson, che aveva l'aria di sentirsi a casa propria molto più di lui.

L'irritazione gli piombò addosso come una nebbia tossica.

Perché ho accettato di venire?

Sicuro, era bello vedere Maria e la sua famigliola, però poteva tranquillamente sopravvivere anche senza tutti gli altri. Il suo sguardo vagò verso suo padre, che stava facendo di nuovo le parole crociate e non provava nemmeno a conversare con qualcuno. Che senso aveva essere lì? Non avrebbe mai dovuto andarci, e non avrebbe mai dovuto trascinarsi dietro Jackson. Poteva andare a trovare Maria in qualsiasi momento, senza dover sopportare di sentirsi così a disagio.

D'un tratto, incapace di sopportare oltre, si alzò in piedi. «Scusa, Pete, ma ho bisogno di allungare un po' le gambe prima che faccia buio. Vado fuori a fare una passeggiata veloce.»

«Vuoi compagnia?» chiese Jackson.

«Se ti va.» Colse un lampo di ferita sorpresa sul volto di Jackson, e si rese conto troppo tardi di aver usato un tono parecchio brusco. Cercò di sistemare la cosa con un sorriso mentre aggiungeva: «Sarebbe carino mostrarti i dintorni.»

«Okay.» Jackson ricambiò cautamente il suo sorriso.

«Sì, e io devo andare a farmi una doccia, probabilmente puzzo.» Pete si annusò un'ascella.

«Peter!» lo rimproverò la madre.

ALL'ESTERNO, il sole invernale era basso nel cielo e la temperatura stava calando alla svelta. Nick fu ben contento che avessero i vestiti pesanti. Inspirò quell'aria limpida e frizzante e poi la buttò fuori in un sospiro di sollievo.

«Dio, è bello essere qui fuori.»

«Sì, è splendido.» Jackson si guardò attorno. Il pomeriggio virava verso la sera, e la luce dorata era già tinta di arancio, e prometteva un tramonto bellissimo. «Da che parte stiamo andando?»

«In fondo al giardino sul retro. C'è un cancello che porta nei boschi.»

Camminarono in silenzio per un po'. Le foglie cadute scricchiolavano sotto i loro piedi e gli uccellini cantavano nei rami più alti, annunciando la fine del giorno.

«Non è come me lo aspettavo,» disse Jackson.

«Cosa? La mia famiglia?»

«Non tanto la tua famiglia, quanto il posto. Non mi ero reso conto che fossi venuto su in un ambiente così rurale. Me lo ero sempre immaginato più suburbano, tipo dove abita mia mamma.»

«In realtà non è tanto diverso. L'altro lato del paese somiglia di più alla zona dove sei cresciuto. I miei genitori hanno avuto fortuna a vivere nella zona periferica, così hanno tutta la campagna. Si preoccupavano sempre che questi terreni dietro la casa sarebbero stati venduti a un'impresa edile, ma ancora non è successo.»

«Come ti senti adesso che sei tornato?»

«Non lo so.» Non voleva parlarne. Non aveva ancora avuto tempo di valutare la cosa. «È troppo presto per dirlo. Sono solo contento che tu sia qui a tenermi compagnia.» Rabbrividì. «Essere qui da solo sarebbe uno schifo.»

A dispetto della patina di civiltà, riusciva già a sentire la trazione delle vecchie dinamiche familiari da cui era stato ben lieto di fuggire. Senza Jackson a fare da cuscinetto sarebbe stato intollerabile. Già solo una conversazione con Pete che si vantava della sua carriera e delle sue vacanze costose gli aveva ricordato quanto fosse stato competitivo da bambino, e come lui si fosse sempre sentito eclissato dal fratello minore che era più sveglio di lui, più sportivo di lui, più *etero* di lui. Suo padre aveva sempre approvato le scelte di Pete, e non aveva mai sostenuto le sue.

Che vada a farsi fottere. Io non ho bisogno della sua approvazione.

Mollò un calcio a un pezzo di legno marcio, facendolo volare contro un albero lì vicino.

Jackson non commentò.

Emersero dal bosco e salirono una scaletta, arrivando su un prato erboso. Un gregge di pecore li guardò incuriosito, e poi gli animali ripresero a brucare quando loro si voltarono e si misero a seguire il sentiero lungo il margine del pascolo. Nick mise una mano sul braccio di Jackson. «Fermiamoci un attimo.»

Ammirarono il panorama stando lì fianco a fianco. Il sole sarebbe tramontato presto, e il cielo aveva cambiato colore, dall'azzurro lassù in alto, attraversando varie sfumature di giallo e oro, fino a un pallido arancione all'orizzonte.

«Non c'è una sola nuvola,» disse Jackson. «Peccato che il meteo non prometta neve. Mi piacerebbe un sacco un bianco Natale.»

«Io mi accontento della brina.» L'ultima cosa che voleva era la neve, perché avrebbe potuto impedir loro di scappare di nuovo a Londra non appena passato il Natale. «Stanotte si gelerà. Che fortuna che ho te a tenermi caldo.» Si girò con un mezzo sogghigno, sperando in una risatina, come reazione.

«Guarda!» indicò Jackson. «Che cos'è quello? Sono degli uccelli?»

Nick seguì lo sguardo dell'amico e vide una nuvola di puntini neri che si muoveva contro il bagliore del cielo, torcendosi e cambiando direzione all'unisono come limatura di ferro attratta da un magnete invisibile. «Sì. Devono essere storni. Mi ricordo di averli visti fare così quand'ero bambino.»

«Devono essere centinaia. Wow, è incredibile come si muovono. Come fanno a sapere da che parte andare?»

«Non lo so.»

Gli uccelli salirono di colpo, disperdendosi come fumo prima di radunarsi di nuovo in una densa palla. Loro due rimasero a guardare pieni di stupore mentre gli storni continuavano la loro complessa danza per qualche minuto, prima di appollaiarsi finalmente in un boschetto di alberi qualche campo più in là.

«È stato incredibile.» A Jackson brillavano gli occhi per la meraviglia. «Non avevo mai visto niente del genere.»

Nick sorrise. «Mi fa piacere che abbiano messo su uno spettacolo per te.»

«Anche a me.»

C'era una morbidezza nell'espressione di Jackson che lo fece sentire come se uno degli storni fosse scappato via dagli altri e stesse agitando le ali dentro di lui.

«Su, forza, sto gelando,» si affrettò a dire. «Andiamo avanti.»

QUATTRO

Nel vedere gli storni a Jackson si era risollevato lo spirito, e proseguì la passeggiata con il cuore più leggero. Il sole era una sfera di fuoco posata sull'orizzonte scuro.

Quando il sentiero dopo aver fatto il giro ritornò fra gli alberi, Nick si fermò un attimo. «Vuoi guardare il sole che scende?»

«Pensavo avessi freddo.»

«Ce l'ho. Ma non ci vorrà tanto, e ne varrà la pena. Vieni qui. Possiamo appiccicarci l'uno all'altro come pinguini.» Allungò un braccio verso di lui e glielo chiuse attorno alla vita. Jackson gli mise il proprio sulle spalle e se lo tirò più vicino. Data la differenza di altezza, messi in quel modo combaciavano alla perfezione. «Così va meglio.»

Rimasero lì fermi a guardare il sole che calava sempre di più.

«Non è romantico?» disse Nick voltandosi verso di lui con un sorriso. «Peccato che non siamo davvero una coppia, perché questo è il materiale di cui sono fatti i film sdolcinati. È proprio sprecato con noi.»

Jackson ridacchiò, sperando di avere un tono convincente, e distolse rapido lo sguardo. «Sì. Certo. Guarda il sole, idiota, altrimenti ti perderai il tramonto, dopo che hai voluto che ci fermassimo per guardarlo.» Il contatto visivo era troppo quando erano così vicini. Gli faceva venire voglia di fare qualcosa di folle, tipo dire a Nick quanto fosse bello oppure baciarlo o qualcosa del genere.

Aspettarono in silenzio fino a quando anche l'ultima scheggia d'oro non fu scomparsa, e poi Nick si staccò da lui.

«Su, forza. Torniamo indietro.»

Soltanto allora Jackson si rese conto di quanto fosse buio, e ancor di più seguendo il sentiero che si inoltrava nel bosco. Mentre andava di fretta dietro a Nick inciampò in un ostacolo invisibile. «Cazzo!» Buttò in fuori le braccia e riuscì a recuperare l'equilibrio. «Rallenta.»

Nick si fermò e tirò fuori il cellulare per usarlo come una torcia. «Così va meglio. Hai anche il tuo?»

«No. L'ho lasciato in carica quando siamo usciti.»

«Dammi la mano, allora.»

Jackson esitò un secondo, prima di prendere la mano di Nick. Indossavano tutti e due i guanti, e lui si ritrovò a desiderare che non fosse così, perché in quel modo avrebbe sentito il calore della pelle di Nick contro la propria.

Con la luce della torcia si fecero strada cautamente nel bosco finché Nick non si fermò vicino a un albero enorme. Ci fece il giro attorno, puntando la torcia verso la base.

«Che stai facendo?»

«Controllo solo una cosa.» Ci fu un fruscio e poi la luce scomparve.

«Nick?» chiamò lui, allarmato.

«Aspetta un attimo.» La voce era attutita e distante.

Jackson fece il giro del tronco a tastoni. Quando i suoi occhi si adattarono riuscì a distinguere gli alberi attorno, ma non c'era traccia di Nick.

«Dove sei andato?» Si guardò furiosamente attorno.

«Sono sull'albero.»

Alzò lo sguardo, incredulo che Nick fosse riuscito ad arrampicarsi lassù.

«Guarda giù!»

Ci fu un lampo di luce dalle parti dei suoi piedi, e Jackson notò un buco nel tronco. A un primo sguardo pareva decisamente troppo piccolo perché Nick potesse strisciarci dentro, ma quando si accovacciò per guardare meglio vide che era più largo di quanto avesse pensato.

«Vieni a vedere.»

Andando contro il proprio buonsenso, Jackson infilò nel buco la testa e una spalla. «Porco diavolo. Per un minuto ho pensato che ti avessero rapito gli alieni.»

«E invece no.» Nick si era arrampicato un po' e teneva i piedi sui due lati all'interno dell'albero cavo. «Aspetta lì un secondo.»

«Non progettavo di andare proprio da nessuna parte,» replicò lui mentre Nick si arrabattava per salire ancora più in alto. «Ugh.» Tirò indietro la testa di scatto. Gli erano atterrati in faccia dei minuscoli frammenti di albero polveroso.

«Sì!» Nick aveva un tono trionfante. «È proprio come mi ricordavo. Vieni su da me.»

«Stai scherzando, vero? Non ci starò mai lì sopra.»

«Sì che ci stai. C'è più spazio di quello che sembra.»

Jackson era ancora poco convinto, ma la curiosità ebbe la meglio. E in effetti, quando riuscì a incuneare dentro le spalle, il resto del corpo le seguì con facilità. Ci stava un po' stretto, ma era in grado di mettersi in piedi e sollevare le braccia. Tastò attorno in cerca di qualcosa a cui aggrapparsi. «Come mi arrampico? Non vedo un cazzo di niente, Nick.»

«Ecco qui.» Una luce accecante gli finì dritta negli occhi, e lui alzò una mano per ripararseli.

«Non sei di aiuto.»

«Scusa. Però devi guardare giù, non su. Vedi che ci sono dei piccoli appoggi per i piedi? Puntella le mani contro i lati e sali così. Quando arriverai più in alto troverai anche degli appigli per le mani.»

«Se rimango incastrato qui dentro sarà davvero imbarazzante. Questo lo sai, vero? Non progettavo di passare la vigilia di Natale chiamando una squadra antincendio a spaccare un albero per tirarmi fuori.»

Nick si mise a ridere. «Non rimarrai incastrato. Piantala di fare il pappamolla.»

Stronzetto del cazzo. Con un sospiro, Jackson cominciò ad arrampicarsi.

Era buio, disorientante e claustrofobico. «Adesso so come si sente Babbo Natale ad arrampicarsi su e giù per tutti quei camini. Poveraccio.»

La risata di Nick gli diede la spinta di cui aveva bisogno per continuare a muoversi. «Ecco, così. Ci sei quasi. Vale lo sforzo, te lo prometto. Adesso allunga la mano... un po' più in su... spostala più a destra. Ecco, lì, ci sei!»

Quando finalmente riuscì a issarsi per arrivare nel punto in cui era Nick, Jackson poté vedere il modo in cui il tronco dell'albero si apriva a formare qualcosa di piuttosto simile al margine di un cratere, da cui crescevano i rami. «Okay. È parecchio fico.»

«Te lo avevo detto.» Nick mosse la torcia qua e là, e Jackson notò che qualcuno aveva fatto delle aggiunte alla piattaforma naturale dell'albero inchiodando due giri di assi attorno al bordo. Nick era seduto sull'asse più alta, con i piedi appoggiati su quella sotto.

«Sembra una di quelle cose che hanno sulle navi. Hai presente... il punto di vedetta in cima all'albero maestro.»

«Il nido del corvo? Cioè, la coffa?»

«Sì. Una di quelle. Quelle tavole sono sicure?»

«Penso di sì.» Nick diede un bel colpo a quella su cui stava seduto. «Non sono tanto vecchie, e quando le abbiamo messe erano di buona qualità. Le abbiamo trattate perché non marcissero.»

«Voi chi?» Jackson si mosse con cautela, andando a sedersi sull'asse di fronte a quella di Nick.

«Io, Pete e nostro padre.» La voce di Nick pareva più giovane del solito, più vulnerabile, quando aggiunse: «Ci ha aiutati a costruirla quando eravamo bambini. Maria era ancora troppo piccola. Noi lo chiamavamo l'Albero Dei Pirati.»

«Deve essere stato divertente.»

«Sì. Lo è stato.» Era difficile interpretare l'espressione di Nick con quel buio, ma il tono malinconico gli diede una stretta al cuore. «Abbiamo passato dei bei momenti, specialmente quando eravamo piccoli. Ho un sacco di ricordi felici, se guardo abbastanza indietro.»

«Quando sono cambiate le cose?» chiese Jackson, a bassa voce. Nick parlava di rado della propria infanzia, non con lui, perlomeno. Forse ne parlava con la sua counselor.

Sapeva quello che era successo negli ultimi anni, e sapeva perché Nick avesse tagliato i contatti. Ma una volta presa la decisione non aveva più voluto guardarsi indietro. Anche ciò che riguardava Maria e la loro infanzia non era argomento di conversazione.

«Non ricordo esattamente. Forse quando avevo dodici, tredici anni? So che ero alla scuola secondaria, e non mi stavo divertendo granché. Papà aveva perso il lavoro ed era parecchio stressato per la cosa. Aveva cominciato a bere di più, e poi il lavoro nuovo lo rendeva ancora più stressato. Il bere peggiorò, e peggiorò anche il suo umore. Smise di ridere, e non aveva mai tempo per noi, a meno che non ci stesse criticando perché avevamo la camera in disordine, o non se la stesse prendendo con me perché non lavoravo abbastanza sodo o non mi stesse prendendo in giro perché volevo essere nella recita scolastica invece che nella squadra di football.» La rabbia e l'amarezza che aveva nella voce non riuscivano a mascherare il dolore che stava in agguato al di sotto. «Niente di quello che facevo andava mai bene. Mi faceva sentire come se io non fossi mai abbastanza, e questo succedeva *prima* che sapesse che sono gay.» Si interruppe e si lasciò sfuggire uno sbuffo frustrato. «Accidenti. Scusa, sto facendo una tirata.»

«Va bene così. Te l'ho chiesto io.» Jackson avrebbe voluto andargli più vicino, magari offrirgli un abbraccio. Solo che era buio, e lui aveva paura di sbagliare a muoversi e cadere giù nel buco dell'albero.

«Sì. Ma probabilmente non è il momento migliore per fomentarmi per tutto questo, quando poi devo tornare là e sorridergli educatamente durante la cena. E comunque è stupido che mi importi ancora. Sono cose del passato.»

«Questo non vuol dire che non conti.» Jackson aveva una voglia tremenda di tenerlo stretto fra le braccia e dirgli che lui era assolutamente abbastanza. Era perfetto proprio così com'era.

«Si fotta. Non mi importa che cosa pensa lui.» Il tono di sfida infantile nella voce di Nick non suonava autentico. Era evidente che ci teneva, non importava quanto sostenesse il contrario.

Ma Jackson finse, proprio come lui. «Già. Ben detto.»

SCENDERE dall'albero fu solo appena un po' più semplice che salire, ma Jackson riuscì a emergerne illeso. L'ultimo accenno di crepuscolo blu era svanito dal cielo, quindi Nick lo prese di nuovo per mano e usò la torcia per illuminare la via.

«Questo è il sentiero che ci porterà a casa,» disse, quando svoltarono a destra. «Non è lontano ormai.»

Quando alla fine arrivarono al cancello, Nick mise via il cellulare e lo guidò nel giardino. Dalle finestre sul retro si riversavano fuori delle luci calde, e si vedevano entrambi i genitori di Nick impegnati in cucina. Reg era vicino alla finestra, a testa bassa; a giudicare dall'aria che aveva, stava lavando i piatti.

«Dammi di nuovo la mano,» disse Nick. «Nel caso ci vedessero arrivare.»

Jackson fu ben lieto di accontentarlo, e quando una luce di sicurezza dietro casa si accese da sola Reg sollevò lo sguardo. Si voltò dall'altra parte e disse qualcosa che non riuscirono a sentire, e poi Sue comparve alla finestra accanto al marito, a salutarli allegra con la mano.

Nick ricambiò il saluto, continuando a tenere stretta la sua mano.

Poi entrarono dalla porta sul retro, lasciando giacconi e scarpe nello sgabuzzino.

La cucina era calda e piena di profumi salati e speziati. «Che c'è in pentola?» chiese Nick mentre entravano.

«Chili con carne,» rispose Sue.

«E crumble di mele per dolce,» aggiunse Maria. Era seduta al tavolo, con Seth nel seggiolone, un cucchiaio di plastica nella manina paffuta e la faccia tutta spalmata di yogurt. Maria guardò al di sopra delle loro teste e scoccò loro un sorriso malizioso. «Ohhh, ma guarda, Nick. Siete sotto il vischio. Conosci le regole.»

Jackson alzò gli occhi e vide un gran mazzo di vischio legato con un nastro rosso, che pendeva da un gancio nel soffitto.

«Naturale,» disse Nick senza fare una piega. «Vieni qui, dolcezza.» Aveva le labbra arricciate per il divertimento quando si avvicinò di un passo e inclinò il viso con aria di aspettativa. Poi attese, le sopracciglia inarcate, come in una sfida amichevole.

Che cos'altro poteva fare lui? Aveva acconsentito a quella recita, quindi non poteva certo lasciare Nick in sospeso. Così da vicino riusciva a vedere in quegli occhi azzurri delle pagliuzze grigie che non aveva mai notato prima. Gli mise le mani sulle spalle e chinò rapido la testa, con l'intenzione di dargli un breve bacio sulle labbra. Ma non appena le loro labbra si incontrarono, Nick gli chiuse le mani dietro la nuca e lo tenne lì, con una pressione sufficiente perché lui ricevesse il messaggio forte e chiaro.

Non così in fretta! Riusciva a immaginare esattamente

che tono avrebbe avuto se lo avesse detto ad alta voce, severo, ma con un tocco di umorismo.

Si arrese, lasciando che Nick prendesse il comando del bacio mentre le loro bocche si ammorbidivano l'una contro l'altra. Non era esattamente una pomiciata, non erano coinvolte le lingue, ma era decisamente qualcosa di più di un bacetto sulle labbra. Gli fece gonfiare il cuore con un fremito improvviso, perché era così dolce e gentile e *amorevole*.

A parte il fatto che non lo era.

Era solo per fare spettacolo, e quella consapevolezza gli fece nascere nel petto un dolore sordo, perché avrebbe tanto desiderato la versione reale.

Quando alla fine Nick lo lasciò andare, Jackson si sentì martellare il cuore come se avesse fatto cinquanta flessioni.

«Buon Natale,» disse Nick a bassa voce.

«Non è ancora Natale,» riuscì a tirar fuori lui.

«Beh, buona vigilia di Natale, allora.» Poi Nick si girò dall'altra parte e si rivolse al nipote. «Ehi, amico. Il cibo in teoria dovrebbe finire nella tua bocca, non sulla tua faccia.»

Maria si mise a ridere. «Sì, su quello ci stiamo ancora lavorando, vero, tesoro?» Seth infilò la mano libera nella ciotola dello yogurt e se ne ficcò una gran quantità in bocca, come per dimostrare che Nick aveva torto. Poi buttò il cucchiaio sul pavimento.

Jackson lo raccolse. «Glielo devo ridare, oppure vuoi che prima lo lavi?»

«Puoi ridarglielo. Ma con tutta probabilità lo lascerà di nuovo cadere immediatamente.»

E difatti, nel momento esatto in cui Jackson mise il

cucchiaio sul vassoio del seggiolone Seth lo afferrò e lo scagliò di nuovo a terra con uno strillo gioioso.

«Beh, se non lo vuoi può restare lì,» disse Maria, tranquilla. «Penso che tu abbia finito, comunque.»

Seth allungò il collo per vedere il cucchiaio sul pavimento. «Ba-ba-bah!» Lo indicò col dito.

«No. Hai finito. Andiamo a darti una pulita e poi vediamo se riesco a convincere papà a giocare con te intanto che io sistemo questo pasticcio.»

«Vuoi che lo prendiamo noi per un po'?» propose Nick.

«Oh, sì. Sarebbe fantastico. Non sono sicura che Adrian sia già uscito dalla doccia.»

«Nessun problema. Seth può avere un po' di tempo di qualità con lo zio.»

Maria prese uno strofinaccio e ripulì il viso e le mani del piccolo, poi gli tolse il bavaglino, che pareva un quadro impressionista. «D'accordo, così può bastare, almeno fino all'ora del bagnetto.» Lo sganciò dal seggiolone e lo tirò su. «Forza, vai con zio Nick e zio Jackson.» Lo passò a Nick, facendo a Jackson un rapido mezzo sorriso e una strizzatina d'occhio.

Jackson ricambiò il sorriso sentendo le guance scaldarsi. Era bello sentirsi definire lo zio di Seth. Decisamente troppo bello.

Seguì Nick nel soggiorno deserto.

«D'accordo, Seth.» Nick lo mollò giù sulla moquette e si sedette accanto a lui a gambe incrociate. «Che cosa vogliamo fare?»

Anche Jackson si sedette a terra e rimasero a guardare mentre Seth gattonava verso la cesta dei giocattoli. Tirò fuori varie cose un po' a caso finché non trovò un peluche soffice. Aveva la forma di un coniglio, con grandi orecchie flosce e dei bottoni al posto degli occhi. Certe parti erano pelose, altre di tessuto liscio, altre con un disegno in rilievo. Seth spinse un dito nei bottoni degli occhi, e poi accartocciò nella mano una delle orecchie. Quella fece un rumore scrocchiante.

«Che cos'hai lì, amico?» chiese Nick. Seth gli tese il giocattolo, e Nick gli si avvicinò, allungando una mano per strizzare l'altro orecchio.

«Guh.» Seth lo guardò con aria di aspettativa.

Nick stropicciò di nuovo quell'orecchio. «Fico. Bel coniglio.» Glielo prese di mano e glielo agitò davanti, mettendo su una vocina sciocca per dire: «Ciao, Seth! Come stai oggi?»

Palesemente tutt'altro che colpito, Seth afferrò il giocattolo e gattonò verso Jackson, il coniglio stretto in un pugnetto determinato. Quando raggiunse Jackson gli ficcò il giocattolo in grembo. «Guh.»

«È il tuo turno.» Nick sogghignò.

«Grazie, socio,» sorrise Jackson. «Cosa vuoi che ci faccia?»

«Guh-guh.» Seth si mise seduto di fronte a lui. «Guh-guh-guh!» Il suo tono implicava che, qualsiasi cosa volesse, era molto importante.

Jackson prese il giocattolo e lo strinse, facendogli emettere un forte squittio.

Il faccino di Seth si aprì in un enorme sorriso, e lui agitò le mani, tutto eccitato. «Guh!»

«Ah, ecco cos'era.» Quando Jackson fece squittire di nuovo il giocattolo Seth emise uno strillo entusiasta e agitò di nuovo le braccia, l'intero corpo che rimbalzava.

«Come hai fatto a capirlo?» Nick sembrava un po' contrariato.

«Conoscenze pregresse.» Jackson si picchiettò il naso con un sorrisetto compiaciuto. «Non è la prima volta che maneggio dei giocattoli per bambini, ricordatelo.» Aveva due nipotine e un nipote, e certe volte faceva il babysitter per le sorelle.

Lo squittio trattenne l'attenzione di Seth solo per un paio di minuti, però, e ben presto era di nuovo in movimento, a tirare fuori altri giocattoli della scatola. Nessuno di essi catturò il suo interesse a lungo. Alla fine rinunciò del tutto ai giocattoli e cominciò ad arrampicarsi addosso a lui e a Nick, mentre loro se ne stavano seduti con la schiena contro il divano e le gambe allungate sul pavimento.

«Vorresti avere dei bambini, un giorno?» chiese Nick.

Preso alla sprovvista, Jackson rifletté sulla domanda. Non era una cosa a cui avesse pensato molto, ma la risposta gli risalì da dentro e gli venne fuori sicura. «Sì. Li voglio. E tu?»

«Sì. Decisamente.» Nick prese Seth e lo mise sdraiato con la schiena sul pavimento, facendogli il solletico al pancino finché non iniziò a ridacchiare. «Voglio una famiglia.»

«Due virgola quattro bambini?» lo stuzzicò Jackson.

«Il virgola quattro potrebbe essere un cane. Visto che voglio anche un cane.»

«Sembra davvero fantastico.» Jackson si concesse per un attimo di immaginare una realtà alternativa in cui lui e Nick si sposavano e adottavano due adorabili ragazzini e un adorabile cane.

«Vero?»

Seth si divincolò dalla presa di Nick e si tirò su, aggrappato al braccio di Jackson. Rimase fermo lì per un attimo, all'improvviso immobile, accigliato per la concentrazione. Poi il visetto divenne tutto rosso, e lui emise una specie di grugnito.

Un odore inconfondibile si allargò nella stanza, scacciando i rosei sogni di Jackson.

Nick scoppiò a ridere. «Grazie di averci riportati alla realtà, Seth. Penso sia ora di restituirti ai tuoi genitori.»

CINQUE

Terminarono la portata principale e ci fu una breve pausa intanto che il crumble finiva di cuocere.

Nick osservò suo padre bere un sorso di acqua tonica e poi sorridere per qualcosa che aveva detto Adrian.

Era strano vederlo bere acqua tonica, mentre tutti gli altri avevano il vino. Sia pur controvoglia Nick era colpito da quella determinazione. Di sicuro non poteva essere facile avere attorno della gente che mandava giù alcolici quando per suo padre l'alcol era sempre stato un problema.

Visto da fuori sembrava stare bene, però. Forse un po' più silenzioso di come lo ricordava, e ascoltava più di quanto non parlasse. Però sembrava perfettamente rilassato, e nessuno degli altri lo stava trattando o si stava comportando in maniera diversa dal solito.

Nick lanciò uno sguardo alla tavolata. Pete era ben avviato verso la sbronza, il che per suo fratello era normale. Maria e Adrian stavano bevendo un po', ma non eccessivamente, e Jackson era solo al secondo bicchiere. I suoi occhi si fermarono su Jackson per un attimo, e si sentì le farfalle nello stomaco nel ricordare il bacio di poco prima sotto il vischio. Si sentiva fuori fase da allora, come se fosse cambiato qualcosa che non sarebbe dovuto cambiare. Il bacio non aveva significato nulla, era stato solo per fare scena davanti ai suoi genitori.

Allora perché era così intenso? E perché non riesco a smettere di pensarci?

Il timer del forno scattò. «Il crumble è pronto,» disse sua madre. «Vado a tirarlo fuori.»

«Tranquilla, cara. Ci vado io.» Suo padre era già in piedi.

Anche quella era una novità. Nick ricordava che in passato lasciava a lei la faticaccia di cucinare, servire in tavola e sparecchiare. Adesso era molto più coinvolto, e molto più pronto ad aiutare senza che lei glielo chiedesse.

«Okay, grazie.» Sua madre si appoggiò di nuovo allo schienale e bevve un altro sorso di vino. Dalla voce pareva un po' brilla, ma non era una che di norma bevesse; per lei solo sentir l'odore del grembiule di un barista era sufficiente per dare il via a risatine e faccia rossa.

Nick prese il bicchiere e bevve un altro sorso. Aveva già mandato giù più di quanto non avrebbe dovuto. Riusciva a sentirselo nella nebbia che gli riempiva il cervello e nel martellare alle tempie. A starsene seduto lì in quella stanza con la sua famiglia gli sembrava di essere stato trasportato indietro nel tempo. Potevano anche avere tutti dieci anni in più, e potevano esserci dei corpi in più nella stanza, ma il passato gli incombeva addosso ogni volta che incrociava lo sguardo di suo padre. E cazzo, meno male che Jackson era proprio tra di loro a fare da cuscinetto. Con Pete seduto di fronte che andava avanti a parlare con il loro padre delle sue possibilità di promozione e di aumenti di stipendio, e della casa che sperava di comprare, lui si sentiva aumentare dentro la pressione, come vapore senza una valvola di sfogo. Il lieve stordimento donatogli dall'alcol che gli scorreva nelle vene e la calma presenza di Jackson lì accanto a lui erano le uniche cose che lo tenevano a quel tavolo.

Fino a quel momento era riuscito a evitare qualsiasi conversazione con suo padre parlando principalmente con Maria, che le era seduta di fianco. E la cosa gli andava benissimo.

Ma una volta servito il dolce, Pete si ritrovò con la bocca piena di crumble e rimase finalmente zitto, per un attimo.

E suo padre si voltò verso di lui. «Allora, come ti vanno gli affari, Nick?»

Con l'attenzione del padre centrata su di lui, Nick sentì il battito raddoppiare. «Bene, grazie.»

«Fai sempre la stessa cosa?»

«Graphic design. Sì.»

«Si guadagna, allora?» L'accenno di sorpresa che aveva nella voce gli fece scorrere nelle vene un fiotto di sangue rovente, riscaldandogli le orecchie e facendogli sentire troppo aderente il colletto. Suo padre non aveva mai sostenuto le sue scelte in fatto di studi, deridendo la sua decisione di scegliere arte e design invece di un argomento accademico. Strinse i denti, imponendosi di non sbraitargli contro. «Riesci a vivere decentemente?»

Nick perse la battaglia. «No, sono costretto a vendere il culo a un angolo di strada per pagare l'affitto tutti i mesi,» sbottò. «Sì, ovvio che riesco a viverci in maniera decente. Non continuerei a farlo come lavoro se non fosse così.»

A Jackson andò di traverso il crumble, e Pete restò a bocca aperta, gli occhi sgranati.

Nel silenzio che seguì, la faccia di suo padre si fece di una interessante sfumatura di viola. Lo stava fulminando con lo sguardo. Nick provò una feroce soddisfazione nel veder finalmente scivolare via quell'atteggiamento rilassato. Quella versione arrabbiata gli era più familiare, e lui era stranamente contento di essere riuscito a provocarlo. Quando suo padre alla fine riprese a parlare, aveva un tono gelido. «Stavo solo facendo conversazione, Nick. Non c'è bisogno di essere tanto sensibile, e non c'era bisogno di essere scortesi.»

Nick non aveva la minima intenzione di difendersi, e di sicuro non intendeva scusarsi. «Beh, dovresti fare domande migliori. E *io* stavo solo facendo una battuta, quindi forse sei tu quello troppo sensibile.»

Ci fu una pausa imbarazzata, e poi sua madre si gettò nella mischia con un: «Jackson, tu che fai?»

«Insegno educazione fisica in una scuola secondaria,» replicò Jackson.

«Oh, ma che bella cosa,» disse lei in tono vivace. «E ti piace?»

«In generale, sì. Alcune delle mie classi sono una bella sfida, ma in linea di massima è okay.»

«Non c'è da stupirsi che tu sembri tanto in forma.»

«È anche un topo da palestra,» intervenne Nick mettendogli una mano sul bicipite e dandogli una strizzata. «Il che spiega questi muscoli. Insegnare e basta non basterebbe a renderlo *così* da urlo.» Fece un mezzo sogghigno a Jackson, che ricambiò con un sorriso un po' tirato.

Ci fu un altro scomodo silenzio. Non gli importava. Gli

piaceva far contorcere i suoi genitori. Era come una vendetta per tutte le volte in cui era rimasto seduto a quello stesso tavolo sentendosi arrabbiato, ferito, frustrato, inferiore. Lasciò andare il braccio di Jackson e prese un'altra cucchiaiata di crumble.

Attorno a lui la conversazione ricominciò di nuovo quando Maria iniziò a parlare del suo ritorno al lavoro, dopo il congedo per maternità. Nick si estraniò, mangiando metodicamente e rimuginando sul passato.

Accanto a lui Jackson rimase in silenzio. Nick sentì dentro una fitta di senso di colpa. Non poteva certo essere un divertimento per Jackson. Aveva rinunciato al Natale infinitamente più felice con la propria famiglia per uno pieno di stress e di conflitti irrisolti. E il suo deliberato rimestare la merda stava solo rendendo la cosa più sgradevole per tutti quanti, incluse le persone attorno a quel tavolo con cui non aveva dei problemi. Jackson non era l'unico a ricadere in quella categoria. Lanciò un'occhiata a Maria e ne incrociò lo sguardo preoccupato, e stabilì di provare a comportarsi meglio, per il resto della serata.

DOPO CENA TIRARONO FUORI il Pictionary, che era sempre stato una tradizione di famiglia. Apparentemente non era cambiato nulla, dall'ultima vigilia di Natale che Nick aveva passato con loro.

«Come decidiamo le squadre?» chiese Pete.

«Perché tu non vai con Nick e Jackson, e io e Adrian ne facciamo una da quattro con mamma e papà?» fu rapida a suggerire Maria.

Fortunatamente non ci furono discussioni, e riorganizzarono i posti a tavola per adeguarle alle squadre prescelte. Forse tutti quanti si rendevano conto che estrarre a sorte i compagni di squadra avrebbe potuto finire male.

«Sono sempre felice di essere in squadra con l'artista di professione, in questo gioco.» Pete fece un mezzo sorriso a Nick e gli diede una rude pacca sulla spalla, mentre andava a sedersi accanto a lui.

«Ecco, vedi, ho la mia utilità,» replicò lui. Il Pictionary era sempre stato l'unico momento in cui tutti quanti in famiglia apprezzavano i suoi talenti. Pete e la loro madre erano entrambi un disastro a disegnare, e anche se suo padre era abbastanza decente, non riusciva a fare degli schizzi alla svelta quando era sotto pressione. «Sfortunatamente la mia metà non è così dotata nel reparto disegno, però.» Diede una pacca sulla coscia Jackson. «Qualcosa si guadagna e qualcosa si perde.» La gamba di Jackson era magnificamente muscolosa sotto i pantaloni, per cui lasciò lì la mano un po' più a lungo del necessario.

Jackson in realtà non era tanto male a disegnare, e sua madre e Adrian erano tutti e due davvero tremendi. Perciò, quando si avvicinarono alla fine della partita, la squadra di Nick era in testa. Quando alla fine atterrarono sulla casella Giocano Tutti era il suo turno di disegnare per la propria squadra, e di suo padre per l'altra.

Nick guardò la carta e gli scappò uno sbuffo divertito. *Vibrare. Questa dovrebbe essere interessante.* «Ecco qua.» Porse la carta al padre.

C'era un solo modo facile per rappresentarla con un disegno, quindi non appena iniziò il timer Nick si buttò con entusiasmo e delineò sul foglio una grande sagoma di un cazzo.

«Uhm... ma che diavolo?» disse Pete. «Non pensavo che stessimo giocando alla versione porno!»

Nick lo ignorò, e ci scarabocchiò attorno delle linee sinuose.

«Vibrante!» disse Jackson. Nick annuì, disegnando delle altre linee e pugnalando insistentemente il foglio con la matita. «Vibrazione... vibratore... vibrare!»

«Sì!» esplose lui. «Bel colpo.» Mentre Jackson gli sorrideva trionfante, lui si protese in avanti e gli diede un rapido bacio sulle labbra.

Jackson sgranò gli occhi per un secondo, ma poi ricompose i lineamenti in un'espressione disinvolta che suggeriva quanto fosse abituato al fatto che Nick lo baciasse così, quando capitava. «Grazie,» replicò. «Faccio del mio meglio.»

Nick lasciò indugiare lo sguardo sulla bocca dell'amico, le labbra che formicolavano di nuovo per l'eco di quel bacio molto meno fuggevole di prima, sotto il vischio. Era riuscito a levarselo dalla testa nel corso della partita, e adesso, ricordandolo di nuovo, si sentì nervoso e fuori fase. Ci stava pensando ancora anche Jackson?

«Sì, bel lavoro, ragazzi.» Pete fece loro un pollice in su. «Con questa proprio non ero d'aiuto.»

«Questa era maledettamente impossibile,» disse suo padre. «Come accidenti hai fatto a disegnarla?» Sbirciò il suo schizzo e sgranò gli occhi. «Oh. Ma certo.»

«Eddai. In che altro modo la potevi disegnare?» Diede un'occhiata agli sforzi di suo padre e vide che aveva disegnato una chitarra con la mano di qualcuno e una corda vibrante. «Oh sì. Vedo in che direzione stavi puntando. Ma il mio sistema era molto più facile.» Sogghignò. «Non avevi neanche una possibilità.»

«Apparentemente, no.» Gli sembrò di aver sentito un tocco di umorismo nella voce di suo padre, ma la faccia non faceva trapelare granché.

DOPO LA PARTITA rimasero seduti a guardare la TV per un po', finché Adrian non cominciò a sbadigliare, dando il via anche a tutti gli altri.

«Forza, tesoro,» disse a Maria. «Meglio che andiamo a letto. Non c'è dubbio che Seth si sveglierà a un'ora indegna.»

Pete aggrottò la fronte. «Ma di sicuro è troppo piccolo per essere eccitato per il Natale, no?»

Maria si mise a ridere. «Sì, ovvio. Però si sveglia più o meno alle sei tutte le mattine, perciò dubito che domani farà un'eccezione.»

«Accidenti. Meglio a te che a me.»

«Vado a letto anch'io,» disse sua madre. «Tu vieni, amore?»

«Sì.» Suo padre si alzò in piedi, stiracchiandosi con uno sbadiglio.

Rimasti da soli con Pete, adesso loro due avevano il divano tutto per sé, quindi Nick colse opportunità per tirare su i piedi e si mise sdraiato con la testa sulle ginocchia di Jackson. «Tu così stai comodo?» domandò guardando in su.

«Sì.» Jackson gli sorrise. «Va benissimo.»

Pete aveva il telecomando, e si era messo a fare zapping tra i canali. La rapidità con cui le immagini e i suoni cambiavano gli stava facendo venire il mal di testa. «Porca miseria, Pete. Scegli qualcosa e fermati,»

«Va bene, va bene.» Si fermò su *Independence Day*, che era appena iniziato, si spostò dalla poltrona all'altro divano, e si mise sdraiato per guardare il film.

Nick lo aveva visto così tante volte che non aveva bisogno di fare granché attenzione, il che era un bene, perché Jackson aveva cominciato ad accarezzargli i capelli, rendendogli impossibile concentrarsi su qualsiasi cosa a parte quella deliziosa sensazione. Quei polpastrelli facevano nascere scintille che dalle terminazioni nervose passavano a tutto il corpo, accendendogli uno strano, formicolante calore nello stomaco.

«Mmm.»

«Shh!» Jackson gli picchiettò piano il cuoio capelluto. Lui sollevò gli occhi per incontrare il suo sguardo, e Jackson mimò le parole "Niente rumori da sesso".

Nick sogghignò e fece il gesto di chiudersi una lampo sulle labbra, poi si voltò di nuovo verso la TV. Chiuse gli occhi e lasciò vagare la mente mentre Jackson gli pettinava i capelli con dita gentili. L'alcol che aveva nelle vene gli faceva sentire la testa come imbottita di piume, e gli appesantiva gli arti. Stava cominciando ad appisolarsi quando un sonoro russare dall'altro divano lo strappò dal sonno.

«Gesù,» brontolò. «Fanculo anche Pete.»

Jackson ridacchiò. «Sì, è notevolmente rumoroso.»

«Mi sta rovinando il pisolino.»

«Vuoi andare su a letto?» chiese Jackson, le dita che ancora gli passavano lente tra i capelli. Lo aveva detto con tono tanto disinvolto, come se andassero sempre a letto assieme. Per un attimo, ancora catturato da quello spazio di confine tra il sonno e la veglia, Nick poté quasi immaginare di essere scivolato in una realtà alternativa in cui erano davvero una coppia.

«Sì. Okay.» Si mise seduto e si strofinò gli occhi, poi andò a recuperare il telecomando appoggiato sul torace di Pete, in modo da poter spegnere la TV. «Pete.... *Pete!*» Mollò una pacca al fratello, che non reagiva.

«Hmph. Che succede?»

«Noi ce ne andiamo a letto. Ti suggerisco di fare lo stesso. Però, bestiaccia, il bagno lo usiamo prima noi.» Anche la camera di Pete era all'ultimo piano, e il bagno era in comune.

«Okay.»

Nick aveva l'impressione che Pete non sarebbe andato da nessuna parte per un po'. «Beh, io ci ho provato.» Guardò Jackson e fece spallucce. «Conoscendolo, barcollerà verso il letto tra qualche ora.» Spensero le luci e andarono di sopra, lasciando Pete al buio.

«Muoio dalla voglia di pisciare.» Nick andò in bagno per fare pipì, e poi si lavò i denti.

In camera, trovò Jackson seduto sul bordo del letto. «Che cosa stai aspettando?» chiese lui. «Non avevo chiuso la porta a chiave.» Nel bagno del loro appartamento non ci pensavano su due volte a pisciare uno davanti all'altro, oppure a urtarsi i gomiti sopra il lavandino intanto che si lavavano i denti.

«Oh, giusto. Non ero sicuro fosse il caso.»

«Jackson. Pensano tutti che siamo una coppia, nessuno avrebbe battuto ciglio.»

«Già. Sì, certo.» Jackson si alzò in piedi. «Ma in questo

modo mi puoi scaldare il letto prima che io mi ci infili. Si gela, accidenti.»

La casa era molto più fredda del loro appartamento ben isolato. Per giunta, suo padre era sempre stato parecchio rigido riguardo all'abbassare il riscaldamento durante la notte, quindi la temperatura stava calando alla svelta. Nick si spogliò rimanendo in boxer e indossò una maglietta prima di infilarsi sotto le coperte gelide. Per fortuna il piumone era bello spesso, e il letto si riscaldò in fretta. Quando Jackson ritornò, lui era al calduccio e iniziava a sentirsi di nuovo insonnolito.

Socchiuse gli occhi, guardando Jackson che si spogliava dandogli la schiena, i muscoli che si muovevano sottopelle quando si sfilò la camicia dalle spalle possenti. Poi mise una maglietta grigia prima di lasciar cadere a terra i pantaloni rivelando le cosce muscolose. Quando si girò verso il letto, lui chiuse di nuovo gli occhi alla svelta, anche se la vista di Jackson lo aveva risvegliato.

«Sei ancora sveglio?» chiese Jackson mentre si infilava a letto, portando con sé una ventata d'aria fredda.

«Sì,» disse lui, tirandosi il piumone attorno alle orecchie.

Quando Jackson cambiò posizione per mettersi comodo il letto cigolò. «Accidenti se è rumoroso.»

«Vero?» Nick si mise seduto e rimbalzò un po', in via sperimentale. «Secondo me bisogna stringere meglio qualcosa.» Rimbalzò più forte. «E per giunta la testiera picchia contro il muro.» Andò avanti così, creando un ritmico squittio-urto-squittio-urto, e ridacchiando. «Deve sembrare davvero equivoco dalla stanza subito sotto.»

«Che camera è?»

«Dei miei genitori.»

«Nick, smettila!»

«Perché? Lo sanno che siamo una coppia. Siamo entrambi adulti consenzienti.»

«Noi non siamo una coppia, e io non sto consentendo. Smettila!» Jackson lo afferrò e lo tirò giù sul materasso, gettandogli un braccio sul petto per tenerlo fermo.

«Ma che problemi hai?» scattò Nick, in una fiammata di rabbia.

«Ho che devo affrontare i tuoi genitori domattina, ecco cosa.»

«E allora? Non c'è niente di sbagliato a fare sesso. Cioè, *se* stessimo facendo sesso, cosa che ovviamente non stiamo facendo.» D'un tratto Nick fu estremamente consapevole di Jackson che gli stava mezzo sopra, premendolo sul materasso con il proprio peso. Gli piombò addosso un'ondata di calore, arrossandogli le guance. Tentò di divincolarsi, ma Jackson era troppo forte per lui. «Maria e Adrian hanno Seth a dimostrare che scopano, come fa a essere diverso?»

«È diverso, e lo sai.» Jackson era deciso, le mascelle strette. «E sarà davvero imbarazzante domani, se continui a fare così.»

«Non mi importa. Io *voglio* che si sentano a disagio. È maledettamente ora che sia mio padre quello che si sente a disagio. Io ho passato già abbastanza della mia vita a sentirmi di merda, sminuito e disapprovato, grazie a lui.» Un'ondata di rabbia e sentimenti feriti gli colmò gli occhi di lacrime furiose. «Io non gli devo proprio niente.» Gli si spezzò la voce.

Il viso di Jackson si ammorbidì. «Lo so, Nick. Non sto dicendo che gli devi qualcosa. Però... insomma. Per favore, smettila. Non voglio fare un'educata conversazione con tuo padre domattina davanti alla colazione, mentre lui ha in testa l'immagine mentale di noi due che facciamo sesso. Anche se *stessimo* davvero assieme non vorrei che tutti quanti in casa sapessero che abbiamo scopato la notte prima. Sarebbe una cosa privata, qualcosa tra di noi, e non sarebbero affari di nessun altro.» L'espressione intensa e il tono basso e intimo della voce di Jackson spazzarono via tutta la rabbia e la combattività, come la ventata d'aria di un palloncino che si sgonfiava, lasciandosi dietro un piccolo, segreto fremito di possibilità che gli pizzicava sottopelle, come se fosse elettrico.

«Oh.»

Il braccio di Jackson era ancora sopra di lui, ma invece di trattenerlo sembrava più un abbraccio, adesso. Il corpo su di lui era caldo e pesante. «Se ti lascio andare, ti comporterai bene?»

Nick era tentato di dire di no, se questo significava che Jackson lo avrebbe tenuto in quel modo un po' più a lungo. «Suppongo,» provò a svicolare.

«Nick?»

«Okay, sì. Sì. Mi comporterò bene.» Mise il broncio, ma per finta.

«Moccioso.» Jackson gli rotolò via di dosso, ridacchiando.

«Non puoi chiamarmi moccioso. Sono più vecchio di te.» Indignato, Nick si tirò su, appoggiandosi su un gomito, mentre Jackson rimaneva sdraiato sulla schiena con un'espressione serena.

A occhi chiusi, Jackson replicò: «Solo di sei mesi. Ed essere un moccioso non ha niente a che fare con la tua età e ha tutto a che fare con il tuo atteggiamento.» Fece una pausa, poi riaprì gli occhi per lanciargli uno sguardo. «Possiamo metterci a dormire adesso?»

«Sì.» Nick spense la lampada sul comodino e al buio si mise sdraiato su un fianco, girato dalla parte di Jackson. «Jackson?»

«Mmm?»

«Mi dispiace... per prima. Volevo mettere a disagio mio padre, però non volevo far sentire imbarazzato anche te.»

«Okay. Grazie.»

Sollevato, Nick chiuse gli occhi contro l'oscurità e tentò di catturare la sonnolenza di prima. Anche se era stanco, la sua mente era strapiena di pensieri relativi alla serata. Mentre il respiro di Jackson rallentava, il suo cervello stava ancora ronzando. «Jackson,» sussurrò di nuovo dopo pochi minuti.

Jackson sospirò. «Cosa c'è adesso?»

«Mi dispiace anche per quella cosa a cena.»

«Quale cosa?»

«Quella cosa sul topo da palestra e i muscoli.»

«Di avermi trattato come un toro da gran premio, intendi?»

Adesso era lui a sentirsi a disagio. «Sì. Quella.»

«È tutto okay. Sei perdonato.»

«Grazie.» Un altro po' di tensione lo abbandonò. «Sei il migliore. Domani cercherò di non smuovere troppo le acque.» Quando si rese conto di quello che aveva detto, fece uno sbuffo divertito. «Oppure il letto.»

«Questo sarebbe un bene. Notte, Nick.»

«Notte.»

SEI

A un certo punto della notte, Jackson tornò un po' alla volta verso la coscienza. A malapena sveglio, e confuso in quel buio quasi impenetrabile, gli ci volle un po' per riuscire a capire dove fosse. Il letto era strano e sapeva di un detersivo diverso da quello che usava lui. Poi il rumore di un respiro nasale vicino alla sua spalla gli ricordò che non era solo.

Nick.

Rotolò via gentilmente; non voleva disturbarlo facendo scricchiolare quel letto tanto rumoroso. Dandogli la schiena, infilò un braccio sotto il cuscino e si fece un nido dove appoggiare la testa. Era passato molto tempo dall'ultima volta che aveva condiviso il letto con qualcuno. Quel pensiero si portò dietro una fitta di solitudine, e abbracciò il cuscino un po' più forte.

Quasi avesse percepito il suo desiderio di contatto si rigirò anche Nick, spostandosi più vicino a lui con un borbottio inintelligibile fino a mettersi a cucchiaio dietro di lui, un braccio appoggiato sul suo fianco.

Jackson si tese. *Sta per svegliarsi?*

Ma il respiro di Nick tornò di nuovo regolare, riprendendo il lento ritmo del sonno.

Fibra per fibra, i muscoli di Jackson si rilassarono di nuovo, e lui si concesse di appoggiarsi al solido calore di Nick alle sue spalle. Alla fine il suo respiro si sincronizzò con quello dell'altro, e quel gentile saliscendi lo cullò di nuovo verso il sonno.

LA VOLTA DOPO, quando si svegliò, in qualche modo avevano cambiato posizione nel sonno. Nick era raggomitolato in posizione quasi fetale con lui dietro, curvo attorno al corpo dell'amico. Con il culo di Nick premuto contro l'inguine, e la sua mano che sfiorava la scia di peli sull'addome dell'altro, il tutto era decisamente più di quello per cui aveva contrattato quando aveva accettato di condividere un letto con il suo amico. Mentre prendeva atto della vicinanza dei loro corpi e dell'intimità di quella posizione, un flusso di sangue extra gli andò dritto verso il basso, trasformando la sua pigra mezza erezione mattutina in un cazzo duro nel giro di pochi secondi.

Cercò di allontanarsi furtivamente, ma non appena iniziò a muoversi, Nick si riscosse. «Mmm. Che bello.» Gli prese il braccio e se lo tirò contro il petto.

Jackson si bloccò, domandandosi a cosa precisamente si fosse riferito Nick. *Le coccole? Devono essere per forza le coccole.* Il suo uccello non era così palese, sperava. Si costrinse a pensare alle cose meno sexy che era in grado di immaginare: vomito, gabinetti intasati, purè di piselli secchi, catarro... Quello risolse alla svelta il suo problema, e lui riuscì di nuovo a rilassarsi. Era piacevole. Tenere stretto

Nick era talmente naturale che riusciva quasi a immaginare che si svegliassero così tutti i giorni.

«Buongiorno,» disse, il respiro che scompigliava i capelli a Nick. «Hai dormito bene?»

«Sì. Proprio bene. E tu?»

«Sì.» Considerato il letto estraneo e il fatto che non era abituato ad avere compagnia di notte, aveva dormito profondamente. «Oh, e buon Natale. Quasi dimenticavo.»

Nick ridacchiò. «Anch'io. Buon Natale. Che ore sono?»

«Non lo so.» Si era tolto l'orologio per dormire.

Nick si allungò per recuperare il telefono dal comodino. «Sono le otto appena passate.»

«Come funziona il Natale con la tua famiglia? Quando succedono le cose?»

«Beh, a meno che non ci siano stati dei cambiamenti significativi dall'ultima volta che sono stato qui, normalmente aprono i regali più o meno verso mezzogiorno. Mamma faceva sempre i pancake per colazione. Non sono sicuro sull'ora, però. Avrei dovuto chiedere ieri sera. Aspetta un attimo. Mando un messaggio a Maria. Lei lo saprà.»

Prese di nuovo il cellulare e digitò qualcosa, e poi disse: «Sta rispondendo.» Una pausa. «La colazione è alle nove, a quanto sembra.»

«Bello. Non mi dispiacerebbe una doccia, prima.»

«Idem. Puoi andare tu per primo, se vuoi,» disse Nick. «Io mi sento pigro, e non riesco proprio a immaginarmelo Pete competitivo per una doccia di buon'ora, considerato in che stato era ieri sera.»

A Jackson scappò uno sbuffo divertito. «Tu ti senti sempre pigro.» Nick non era certo noto per il fatto di essere pimpante, la mattina. Dormiva quasi sempre anche dopo la sveglia. Anche se lavorava da casa aveva spesso in programma riunioni con i clienti e telefonate. Dopo che aveva perso una riunione particolarmente importante che gli era costata un affare, Jackson aveva preso l'abitudine di dare una controllata prima di andare al lavoro portandogli il caffè e buttandolo giù dal letto a calci, se necessario.

«Sì, beh, non intendo certo mettermi a discutere.» Nick si rigirò sulla schiena e si stiracchiò con soddisfazione, come un gatto. Poi sorrise, e il cuore di Jackson fece una piccola e pericolosa capriola. Anche con gli occhi gonfi per il sonno e i capelli tutti piatti da un lato e che stavano su in maniera strana dall'altra parte, era stupendo.

Per un momento, il suo sguardo si fermò su quelle labbra e la sua mente ritornò di colpo a Nick che lo baciava sotto il vischio. Si domandò se non potesse accadere di nuovo quel giorno, e non riuscì a decidere se sarebbe stata una cosa meravigliosa o terribile.

Quello era un binario mentale pericoloso, considerato che si era appena sbarazzato della sua erezione mattutina. «D'accordo, è ora della doccia.» Saltò giù dal letto e prese uno dei teli da bagno lasciati apposta per loro. «Ci vediamo fra poco.»

QUANDO ARRIVARONO DI SOTTO, dalla porta della cucina usciva il suono delle tradizionali carole natalizie, e nel corridoio aleggiava il profumo di pancake e caffè. Jackson sentì lo stomaco brontolare.

«Buongiorno. Buon Natale!» disse Nick mentre oltrepassava la soglia. «Ti serve una mano con qualcosa, mamma? Ha un profumo fan... Oh!»

Ai fornelli c'era Reg, con addosso pigiama, vestaglia, pantofole, e un berretto da Babbo Natale. Sorrise. «Buon Natale a voi. Avete dormito bene?»

Nick sembrava essere rimasto senza parole, quindi rispose lui per entrambi. «Sì, a meraviglia, grazie.» Sentì le guance scaldarsi nel ricordare il modo in cui Nick aveva rimbalzato sul letto. Sperava davvero che i cigolii non si fossero notati così tanto.

«Bene, bene.»

«Dov'è mamma?» chiese Nick.

«In soggiorno a giocare con Seth.» Reg rigirò uno dei pancake. «Quel piccoletto ha fatto alzare presto Maria e Adrian, per cui lei li sta aiutando a concedersi una pausa. Per quest'anno mi occupo io della colazione.»

«Oh, chiaro. Beh, sembra che tu abbia tutto sotto controllo. Possiamo prendere giusto un po' di caffè? Poi ci leviamo dai piedi e andiamo a vedere se la mamma ha bisogno di un paio di mani in più.»

«In realtà, potreste apparecchiare la tavola. Sarebbe utile.»

«Sicuro.» Nick non sembrava troppo entusiasta. «Facciamo colazione in sala da pranzo oppure qui?»

«Qui. C'è più caldo.» Reg aggiunse dell'altro burro nella padella, con uno sfrigolio. «E c'è del caffè nella caffettiera.»

«Grazie.» Nick ne versò due tazze, aggiunse a una un cucchiaino colmo di zucchero, e latte in entrambe. «Ecco qui, dolcezza,» disse porgendo a Jackson quella dolcificata.

«Grazie, zuccherino.» Jackson gli fece un sorriso malizioso.

«*Zuccherino?*» mimò Nick senza usare la voce, arricciando il naso per il disgusto.

Davanti a quell'espressione Jackson dovette trattenersi all'impulso di mettersi a ridere. Zuccherino era il vezzeggiativo che a Nick piaceva meno in assoluto. Gli si accapponava la pelle tutte le volte che sentiva qualcuno usarlo.

Nick aprì un cassetto, aggrottò la fronte, lo richiuse, poi tentò quello accanto. «Dove le tenete le posate?»

«Hmm?» Reg si voltò. «Oh, sì. Le teniamo in quel cassetto lì, adesso.» Ne indicò uno sull'altro lato della cucina. «Tua madre ha riorganizzato tutto anni fa. Mi ero scordato che fossero mai state lì.»

«Certo, chiaro.» Nick aveva la voce tirata. Andò all'altro cassetto e cominciò a tirar fuori coltelli e forchette. Poi li mollò sul tavolo facendoli tintinnare. «E i piatti? Quelli sono sempre nello stesso posto?»

«Penso di sì,» replicò Reg in tono mite. «Sì, esatto. La credenza sotto il portapane.»

Jackson cominciò a disporre le posate, tentando di ignorare la tensione che stava montando in quella stanza.

Nick piazzò sul tavolo una pila di piatti e poi aprì altre credenze e cassetti, chiaramente in cerca di varie cose, ma non chiese più aiuto a Reg. Alla fine riuscì a mettere assieme tovagliette, bicchieri e tovagliolini. Lui lo aiutò a sistemare tutto in silenzio.

«Direi che c'è tutto quanto,» disse Nick.

«Sì, mi sembra a posto. Grazie, ragazzi. Di' a tua madre che sarà tutto pronto fra circa dieci minuti.»

«Va bene,» disse Nick, che stava già uscendo dalla cucina.

Jackson lo seguì con un sospiro. Sapeva che Nick aveva dei vecchi rancori con il padre, ma non poteva fare a meno di sperare che gli desse una possibilità. Sembrava che quell'uomo stesse sinceramente sforzandosi di essere gentile, e Nick non gli facilitava le cose. Forse da parte sua non era equo nei confronti di Nick, però gli risultava difficile essere obiettivo, data la sua storia personale.

In soggiorno trovarono Sue seduta sul divano con Seth in grembo, e in mano un libriccino cicciotto dalle pagine di cartone con gli angoli un po' masticati.

«...e qui c'è la mucca. Guarda, Seth. Che cos'è che dice la mucca?» Seth la guardò pieno di aspettativa. «Muuuuuu,» disse lei. «La mucca dice muu. Muu muuu!»

Lui sorrise e le fece eco, dimenandosi tutto per l'eccitazione. «Muu muuu!»

«Sì!» Lei fece un gran sorriso. «È proprio giusto.» Alzò lo sguardo e salutò entrambi. «Buon Natale! Come state stamattina?»

«Buon Natale.» Nick andò a sedersi accanto a lei e lasciò che si protendesse a dargli un bacio sulla guancia. Sembrava si stesse ammorbidendo perlomeno nei confronti della madre.

«Buon Natale, Sue.» Jackson si accomodò accanto a Nick, che lo prese per mano e intrecciò disinvolto le dita alle sue. Il calore del palmo e la vista delle loro mani unite gli fecero accelerare un po' il battito.

«Papà ha detto che la colazione sarà pronta più o meno fra dieci minuti. E a proposito della colazione, da quando sa cucinare?» domandò Nick. «Quando ero piccolo io era capace a malapena di far bollire un uovo.»

«È iniziata quando è andato in pensione,» rispose lei. «Ma ci si è messo sul serio dopo che ha smesso di bere. È diventato un hobby, assieme alla pittura.»

«Assieme a cosa?» Nick la stava guardando a bocca aperta.

«Pittura. Ha preso lezioni. Ha cominciato con gli acquerelli, ma adesso si sta espandendo. Non hai visto i quadri in camera tua?»

«Li ho visti, ma non avevo idea che fossero di papà. Sono belli.»

«Non avere un tono così sorpreso,» disse divertita. «Li hai visti i miei tentativi di disegnare, quindi è ovvio che il talento artistico tu lo abbia preso da qualcun altro.»

Seth strattonò il libro, impaziente. «Ma-ma-ma-ma!»

«Scusa, tesoro, mi sono distratta.» Gli lasciò girare la pagina.

«Au au au!» Agitò le manine grassocce, tutto eccitato, guardandola in attesa di conferma.

«Sì! È un cane. Bau bau. Che ragazzo intelligente.»

NICK FU INSOLITAMENTE silenzioso durante la colazione. Jackson continuò a tentare di incrociarne il suo sguardo, ma Nick teneva gli occhi fissi sul cibo. Passò più tempo a tagliare a pezzetti pancake e frutta e a spostarli qua e là che a mangiare, e lasciò quasi tutto sul piatto.

«Stai bene, Nick?» domandò Sue. «Non ti piacciono i pancake? Posso prepararti del pane tostato, se ti va.»

«È solo che non ho molta fame.»

«Troppo vino ieri sera?» suggerì Reg con un mezzo sorriso. «Almeno sei riuscito a venire a colazione. È più di quanto si possa dire per tuo fratello.»

«Non ha niente a che fare con il vino.» Nick scoccò un'occhiataccia al padre. «Come ho detto, è solo che non ho fame. E poi, proprio tu giudichi Pete perché beve troppo. Mi domando da chi abbia imparato questo comportamento.»

Il sorriso di Reg scomparve e Sue intervenne rapida. «Nick! Basta così.»

«No, Sue, è tutto a posto.» Reg le mise una mano sul braccio. «Me lo sono meritato.» Il silenzio rimase ad aleggiare pesante nell'aria mentre lui incontrava lo sguardo di Nick senza batter ciglio. Perfino Seth li stava osservando, gli occhi attenti e la fronte aggrottata, come se riuscisse a percepire le emozioni che turbinavano in quella stanza. «Sì, bevevo troppo e non ne vado fiero, ma non sto giudicando nessun altro. Mi dispiace se ho dato questa impressione.»

Un'ondata di rossore risalì sul viso di Nick, facendogli diventare rosa perfino le orecchie, mentre abbassava di nuovo lo sguardo. «Sì.» Si strinse nelle spalle. «Un po' l'ha data.»

Reg aspettò, come se sperasse in qualcos'altro, ma non ci fu seguito.

Jackson strinse le mani a pugno. Sentiva le emozioni contrastanti farsi la guerra nel suo petto, stringergli la gola e martellargli le tempie. Avrebbe voluto essere di sostegno al suo amico, però voleva anche che Nick la smettesse di comportarsi come un bambino petulante e andasse incontro a suo padre a metà strada. Faceva male che Nick avesse una possibilità di ricostruire i rapporti con il padre, quando il suo invece se ne era andato per sempre.

«Abbiamo finito?» chiese Sue.

Diedero tutti una risposta affermativa, probabilmente perché erano tutti ansiosi quanto Jackson di spezzare quell'atmosfera di disagio che incombeva attorno al tavolo e fuggire. Lui rimase abbastanza per dare una mano a sparecchiare per un po', prima di fare le proprie scuse e puntare verso il bagno del piano di sopra per lavarsi i denti.

Fatto quello non si sentiva ancora pronto per affrontare subito una nuova dose delle dinamiche della famiglia di Nick, quindi andò in camera e rimase lì con le mani appoggiate al davanzale della finestra, a guardare fuori. Era una mattina fredda, con un cielo grigio pallido e una fitta brina che ricopriva l'erba come glassa, e il brillante disco del sole si vedeva solo vagamente dietro il sottile velo delle nubi.

Quando sospirò, il suo fiato appannò il vetro.

Avrebbe voluto non aver mai accettato di andare. Desiderava tantissimo l'atmosfera rilassata della casa di sua madre. Nella sua famiglia i disaccordi erano tutti superficiali e venivano risolti alla svelta. Quel posto era strapieno di profonde correnti torbide e nascoste, in cui vecchie ferite e rancori minacciavano costantemente di ritornare in superficie, come squali in cerca del prossimo pasto.

La rabbia gli ribolliva ancora nelle vene, perciò quando sentì la porta che si apriva non si voltò ad accogliere amichevolmente Nick.

«Ehi.»

«Ciao.» Aumentò la stretta sul davanzale.

«Mi stavo chiedendo dove fossi sparito. Che combini?»

«Niente. Avevo solo bisogno di un po' di pace per un minuto.»

«Che succede?» Nick andò a mettersi accanto a lui e gli diede un colpetto gentile con la spalla.

Jackson strinse i denti e prese un respiro profondo mentre cercava di decidere quanto essere sincero. *Fanculo tutto.* Quello era Nick. Era il suo migliore amico, e lui non voleva tenersi tutto dentro. Se lo avesse fatto quella cosa avrebbe continuato a roderlo tutto il giorno, e lo avrebbe fatto sentire peggio di quanto non si sentisse già.

«Sto trovando molto difficile tutta questa faccenda fra te e tuo padre.» Continuò a fissare gli alberi in lontananza. Non aveva nessuna voglia di incontrare lo sguardo di Nick. «Le frecciatine e la tensione. È... è dura stare a guardare.»

«Sì, mi dispiace. Lo so che è imbarazzante. Però lo sai quello che provo per lui, quindi che cosa ti aspettavi?»

Jackson si voltò a fronteggiarlo. «Mi aspettavo che tuo padre fosse uno stronzo di prima categoria, per cui pensavo che sarebbe stato facile stare dalla tua parte. Non che sia questione di stare dalla parte di qualcuno... Però, Nick, non so. Penso solo che dovresti dargli una possibilità.»

Ci fu silenzio. Nick si allontanò da lui, lo sguardo teso e cauto. «Dargli una possibilità per cosa? Non è che mi stia chiedendo di perdonarlo. Non ho ancora neanche sentito delle scuse da parte sua. Non per nulla che sia successo in passato, perlomeno.»

«Però lui sta tentando di costruire dei ponti. Lo vedo nel modo in cui si comporta con te. Forse è davvero cambiato, Nick. Penso che dovresti parlare con lui, se non altro. Sii sincero su come ti ha ferito e concedigli l'opportunità di fare ammenda.»

Non era che avessero tagliato i ponti per uno specifico avvenimento in un momento preciso. Il loro rapporto si era sfilacciato lentamente nel corso di molti anni. Un migliaio di minuscole ferite, ognuna superficiale se presa per conto proprio, ma devastanti in combinazione. Forse Nick credeva che non ci fosse più nulla da salvare, ma lui non pensava che la situazione fosse irrimediabile, non dopo aver conosciuto Reg.

«Io non voglio parlare con lui, cazzo.» Aveva un tono gelido. «E di sicuro non voglio riesumare tutti i modi in cui mi ha ferito in passato. Non mi fido di lui. Perché mai dovrei desiderare di rendermi di nuovo vulnerabile dopo che ho passato anni a proteggermi da lui? E tu perché cazzo dovresti suggerire una cosa del genere? Tu sei mio amico. Dovresti stare dalla mia parte, e sì. *È* questione di stare dalla parte di qualcuno.»

Jackson si sentì pugnalare dal senso di colpa. «Merda, Nick. Mi dispiace. Io sono dalla tua parte, okay? Voglio solo quello che è meglio per te, e ho pensato che dare a tuo padre una possibilità potrebbe non essere una così cattiva idea. Ho pensato che magari potresti recuperare un rapporto con lui. Però forse il mio giudizio su questa faccenda è appannato, perché...» Gli si spezzò la voce, lui si interruppe per tentare di deglutire quell'improvviso groppo in gola.

La rabbia che Nick aveva in faccia si sciolse in comprensione e compassione. «Perché tuo padre non c'è più.» Aveva completato la frase al posto suo. «Jackson, mi dispiace. Non stavo pensando.» Aprì le braccia e si mosse rapido, tirandolo in un abbraccio feroce. «Ero troppo occupato a pensare a me stesso e ai miei problemi con la figura paterna per pensare un po' anche a te, e a quanto dovesse farti male questa cosa. Senti, mi dispiace. Mi dispiace essere un amico così di merda.»

«È tutto okay,» riuscì a dire lui. Aveva la gola stretta, e gli occhi chiusi per cercare di trattenere le lacrime. «Non mi sono reso conto che sarebbe stata dura finché... finché non ha cominciato a esserlo.» Perse la battaglia contro le emozioni che gli infuriavano dentro e gli scappò un singhiozzo strozzato.

Aveva solo sei anni quando l'aereo si era schiantato durante la missione di addestramento militare, uccidendo suo padre e tutti gli altri occupanti. Quando tentava di evocare i nebulosi ricordi che aveva di lui, vedeva un uomo che sembrava un gigante, che torreggiava sopra di lui con un ampio e gentile sorriso. Ricordava forti braccia che lo tiravano su da terra, e di essere stato seduto sulle spalle di suo padre a guardare il mondo da sopra, deliziato, strillando: «Adesso sono più alto di te, papà!»

Suo padre aveva riso, una risata calda e profonda. «Magari un giorno lo sarai, ragazzino.»

Jackson era diventato più alto di suo padre da qualche parte fra il sedicesimo e il diciassettesimo compleanno, ma suo padre non era stato lì a vederlo succedere.

Si rintanò nel conforto delle braccia di Nick, che lo tenne stretto mentre le lacrime scorrevano.

SETTE

Il soggiorno non era cambiato quasi per niente, negli anni in cui Nick era rimasto lontano. Quasi tutto quanto era ancora lo stesso, dalla moquette ai disegni, che nascondevano una moltitudine di macchie, ai quadri appesi alle pareti, ai divani adesso un po' sbiaditi. Con l'albero di Natale nell'arco sporgente della finestra e il fuoco che scoppiettava nel caminetto, poteva immaginare di essere stato trasportato indietro di quindici o vent'anni. Persino il parafuoco che ricordava dalla propria infanzia era tornato a tenere Seth lontano dalle fiamme, e la ghirlanda sulla mensola del caminetto era con tutta probabilità lo stesso ornamento che aveva visto lì per vent'anni.

Mentre aspettava che il resto della famiglia si radunasse per aprire i regali, lo colse un'inattesa ondata di eccitazione, un'eco nostalgica di tutte le volte che aveva aspettato con impazienza da bambino. Pete era stato quello che di solito rimbalzava sul divano strillando "Sbrigati!" al genitore che trascinava di più i piedi.

La versione odierna di Pete era appena collassata su

una poltrona, con l'aria ancora parecchio malmessa, anche se era fresco di doccia e vestito. Adrian e Maria erano seduti sul divano con Seth, e cercavano di tenerlo occupato con un telefono giocattolo. Seth sembrava più interessato a mordicchiare il telefono che a premere i pulsanti.

«D'accordo, qualcuno può andare a trascinare vostro padre via dalla cucina, visto che tutti gli altri sono già qui?» chiese sua madre.

Pete non aveva l'aria di volersi muovere, e Maria aveva Seth in grembo, perciò Nick disse con riluttanza: «Sì, okay.»

Lo trovò con il braccio infilato dentro a un tacchino. «Papà?»

«Che c'è?» Sollevò lo sguardo, le guance rosee e l'aria un po' stressata.

«Mamma mi ha spedito a recuperarti. Ti aspettano tutti per aprire i regali.»

«Porca miseria! È già ora? Prima devo finire di farcire questo uccellino e metterlo in forno. Arrivo il prima possibile.»

«Okay.» Era sul punto di scappare di nuovo in soggiorno quando ricordò la conversazione di prima con Jackson. Forse non lo avrebbe ucciso fare un piccolo sforzo in più. «C'è niente con cui posso aiutarti?»

«Oh sì, grazie. Potresti mescolare la zuppa al posto mio, per favore? Penso di aver lasciato la fiamma un po' troppo alta e ho paura che le patate si attacchino.»

«Sicuro.» Nick andò ai fornelli e sollevò il coperchio di un grosso tegame, liberando una nuvola di vapore fragrante. «Ha un buon odore. È per il pranzo?»

«Sì. Non è niente di complicato. Giusto porro e patate.»

«Bello.» Diede una mescolata. Si stava attaccando un po' sul fondo, però era arrivato in tempo. «Ma guardati, tu che prepari una zuppa e farcisci un tacchino tutto da solo. È come avere *MasterChef* dal vivo.»

A suo padre scappò una risatina sorpresa. «Ah-ah. Non ne sarei tanto sicuro. Ma incrociando le dita sarà tutto commestibile, perlomeno. Se non lo sarà, con tutta probabilità verrò licenziato come chef capo, e l'anno prossimo riprenderà il comando tua madre.»

«Beh, la zuppa è al sicuro. Adesso ho abbassato. Ti serve una mano con nient'altro?»

Suo padre alzò lo sguardo e gli fece un rapido, caldo sorriso. «No, grazie, Nick. Ma apprezzo l'offerta. Vai a dire a mamma che arrivo fra qualche minuto.»

«Va bene.» Nick si accorse che cominciava a sembrargli di nuovo naturale usare *mamma* e *papà* per loro; i vecchi nomi familiari gli scivolavano più facilmente sulla lingua.

UNA VOLTA TUTTI RIUNITI, iniziarono ad aprire i regali.

Dalla sua famiglia Nick ricevette delle cose prevedibili, la tipica roba priva di immaginazione ma utile tipo guanti, una sciarpa e una bella penna. E anche Jackson ebbe oggetti molto simili. In certi casi era un regalo solo per tutti e due, tipo una bottiglia di gin da parte di Pete. E anche i suoi genitori avevano dato loro un buono John Lewis da duecento sterline come regalo combinato. «Lo so che è terribilmente noioso, ma non avevo idea di cosa prendervi,» disse sua madre in tono di scuse.

«No, grazie. È davvero utile. Possiamo comprarci qualcosa di carino per l'appartamento, giusto?» disse Nick rivolto a Jackson, mettendogli come per caso una mano sulla coscia. «Stavamo parlando di prendere un divano nuovo, potremmo usarlo per quello, magari.»

«Sì, è un'ottima idea.» Jackson sorrise ai suoi genitori. «Grazie.»

Nick aveva comprato regali noiosi e sicuri per tutta la famiglia e li aveva etichettati *da parte di Nick e Jackson*, cosa che gli era sembrata parecchio strana da scrivere quando li aveva impacchettati, il giorno prima della vigilia. Eppure, quando i suoi li aprirono e li ringraziarono entrambi, venire trattati come una coppia gli sembrò stranamente naturale.

I regali che aveva ricevuto da Jackson erano molto più personali: il libro successivo in una serie che stava leggendo, un cofanetto con i DVD dei film di *Iron Man*, e alla fine un pacchetto da cinque boxer identici a quelli che possedeva Jackson, solo che avevano colori e disegni diversi.

«Oh, fantastico. Grazie. Adoro questa marca.»

«L'ho notato. È per questo che ti ho comprato il tuo set nella speranza che tu la smetta di prendere in prestito i miei in continuazione,» disse Jackson.

Nick sogghignò. «Non te lo posso promettere, però potrebbe essere d'aiuto.»

«Questo è un lato negativo di essere in una relazione omosessuale a cui non avevo mai pensato,» commentò Maria. «Per fortuna non mi devo preoccupare che Adrian prenda in prestito le mie mutandine preferite.»

«E come fai a sapere che non lo fa?» chiese Nick. «Magari semplicemente le lava e le rimette a posto prima che tu ti accorga che sono sparite.»

«Ehi!» protestò Adrian. «Ci tengo a farti sapere che non ho mai preso in prestito le sue mutandine. Sono troppo piccole per me, ho dovuto comprarmi le mie.»

A quelle parole scoppiarono a ridere tutti, perfino Seth, anche se chiaramente non aveva idea di quale fosse la battuta.

Per Jackson, Nick aveva scelto regali che sapeva gli servissero, o che desiderava. Un nuovo gioco, una borraccia di acciaio inossidabile per portarsi l'acqua in palestra, e dei nuovi calzini da corsa, perché aveva notato che in quelli vecchi c'erano dei buchi.

«Perfetto, grazie. Erano secoli che avevo intenzione di comprarne un po', ma continuavo a dimenticarmi.»

«Adesso finalmente puoi buttare via quelli vecchi.»

Non ci volle molto perché tutti quanti terminassero di aprire i regali. Seth ne aveva ricevuti più di chiunque altro, ma aveva i genitori ad aiutarlo. Prevedibilmente, era più interessato alla carta e alle scatole che al loro contenuto.

«D'accordo.» Suo padre si alzò in piedi. «Quella zuppa dovrebbe essere pronta, a questo punto. Vado a frullarla. Qualcuno può apparecchiare la tavola per il pranzo?»

«Faccio io.» Si alzò anche sua madre. «Per favore, voi potreste riordinare qui? State attenti a mettere la carta nella differenziata.»

DOPO PRANZO ci fu una fase di stasi. Il tacchino era in forno, e non c'era nient'altro che si dovesse fare immediatamente, per la cena. Seth venne portato di sopra per un pisolino, e Maria e Adrian sparirono assieme a lui e non fecero più ritorno.

«Mi sa che stanno facendo un pisolino anche loro,» disse sua madre con uno sbadiglio. «Non li biasimo. Quello scimmiottino si è svegliato presto.» Sbadigliò di nuovo. «Diamine, finirò addormentata sul divano se non mi do una mossa. Ho voglia di un po' d'aria fresca e di allungare un po' queste vecchie gambe. Qualcun altro vuole unirsi a me per una passeggiata?» Si alzò in piedi.

«Non io,» replicò suo padre. «Devo ungere di nuovo il tacchino tra mezz'ora, e voglio provare a finire questo dannato cruciverba.»

«Oh, su, forza.» Pete si districò da una poltrona. «Probabilmente mi farà sentire meglio. Posso smaltire le ultime tossine di ieri sera camminando, prima che stappiamo il vino.»

«Nick, Jackson? Voi che mi dite?» chiese sua madre.

«Sì, non mi dispiacerebbe una passeggiata.» Nick prese Jackson per mano, godendosi il calore di quella pelle mentre intrecciava le loro dita. «A te va di uscire per un po'?»

«Mi piacerebbe, però voglio chiamare la mia famiglia, e adesso è probabile che sia un buon momento. Ti dà fastidio se rimango qui?» Lo aveva detto in tono da bonaria presa in giro, ma gli strinse gentilmente la mano, e con gli occhi gli fece la stessa domanda in maniera molto più seria.

Nick si premette la mano libera sul cuore. «Beh, sarà dura stare senza di te tutto quel tempo... ma troverò un modo per farcela.» Si allungò a dargli un bacio sulle labbra, sentendo un lieve fremito per quel contatto. «Ci vediamo dopo, dolcezza.» Si alzò in piedi, lasciandogli andare la mano. «Saluta la tua famiglia da parte mia.»

«Promesso. Buona passeggiata, zuccherino.»

Pete fece il rumore di qualcuno che vomita. «Voi due non mi state aiutando con il dopo sbornia.»

«Sei solo geloso,» disse Nick mentre lasciavano il soggiorno.

«No, sono molto felice di essere giovane, libero e single, grazie.»

«Non sei più giovane come una volta, testa di cazzo.» Gli diede un pugno giocoso nelle costole. Lui e suo fratello avevano passato così tanti anni a darsi sui nervi che scivolare di nuovo in quello schema era una seconda natura, come infilarsi delle vecchie scarpe comode.

Pete ricambiò il pugno. «Grazie per il promemoria, fiatone del cazzo.»

«Su, su, ragazzi. Basta così,» disse sua madre alle loro spalle.

Nick fece una linguaccia a Pete, che rispose incrociando gli occhi con una smorfia.

«Ma francamente. Voi due. Mi ero dimenticata com'eravate.»

Quel tono di esasperato divertimento li fece scoppiare a ridere entrambi.

«Io do la colpa ai genitori.» Pete gli fece l'occhiolino e alzò la mano per un batti cinque.

Nick fece un mezzo sogghigno e ci picchiò contro la propria, rendendosi conto d'improvviso che Pete gli era mancato, anche se era una testa di cazzo.

JACKSON ANDÒ di sopra in cerca di un po' di privacy per fare la videochiamata alla sua famiglia. Era stupendo parlare con loro e vederli in faccia, ma gli faceva sentire la loro mancanza ancora di più. Sembrava così sbagliato non esserci per Natale, quell'anno. Sullo sfondo sentiva i bambini che giocavano, strilli eccitati e risatine.

«Ci manchi così tanto, tesoro,» disse sua madre. «E anche Nick. Senza voi due qui non è la stessa cosa.»

«Sì, neanche un po',» intervenne sua sorella Ruby. «Però per Capodanno venite, vero? Così possiamo vedervi tutti e due?»

«Sì, il piano è quello.»

«Lì com'è?» chiese sua madre. «Spero stia andando bene. Come se la cava Nick con suo padre?» Sapeva che i loro rapporti erano difficili. Non che ne parlassero granché, ma quando lui aveva portato Nick a casa per Natale il primo anno, quando l'amico proprio non se l'era sentita di tornare dai suoi, non avrebbe potuto essere più palese. Sua madre lo aveva accolto a braccia aperte, e con gli anni Nick era diventato parte della famiglia quasi quanto lui.

«Le cose sono ancora parecchio tese.»

«Oh. Mi dispiace sentirlo.»

Ruby fece di nuovo capolino nell'inquadratura, chiedendo: «Com'è suo padre? È tremendo?»

«Non proprio. Non è per niente male come avevo immaginato, ma credo che sia cambiato un sacco da quando hanno tagliato i ponti. Mi sembra che stia cercando di sanare la spaccatura, ma Nick non è molto ricettivo.» Emise uno sbuffo frustrato. «Vorrei che abbassasse un po' la guardia.»

«È dura quando si è stati feriti, però,» commentò sua madre in tono gentile. «È solo naturale che Nick sia sulla difensiva. Sta soltanto cercando di proteggersi.»

«Sì. Lo so. Ma secondo me un giorno se ne pentirà se non accetta il ramo d'ulivo che il suo vecchio gli sta agitando davanti.»

«Dagli tempo, tesoro. Forse è di quello che ha bisogno.»

«Già.» Era tutto ciò che poteva fare. Non poteva certo costringere Nick a dare un bacino a papà e fare la pace.

Parlarono ancora un po' e quando fu ora di andare mandò loro dei baci soffiati e augurò di nuovo buon Natale, prima di riattaccare.

La casa era piuttosto silenziosa, quando tornò di sotto. Il soggiorno era vuoto, per cui immaginò che chi era uscito a fare una passeggiata fosse ancora fuori. Dalla cucina arrivavano di nuovo dei cori natalizi, quindi andò da quella parte, e trovò Reg che pelava patate.

«Salve. Pensavo che stesse finendo le parole incrociate,» commentò.

«Ce l'ho fatta!» disse Reg trionfante. «L'intero dannato coso! Era lo speciale di Natale, è grosso il doppio del solito.»

«Ben fatto.»

«Sì, lo sento proprio come un bel traguardo.» Fece un sorriso smagliante.

Jackson voleva una scusa per chiacchierare un altro po' con lui, e aveva la sensazione che Reg avrebbe rifiutato se si fosse offerto di aiutarlo, quindi decise di non dargliene la possibilità. Aveva notato un cassetto pieno di utensili quando aveva aiutato a sparecchiare, dopo pranzo, perciò tirò fuori un altro pelapatate e lo raggiunse all'isola che stava nel bel mezzo della cucina.

«Oh, grazie,» disse Reg quando lui prese una patata. Aveva l'aria un po' sorpresa, ma non sollevò obiezioni.

Lavorarono in silenzio per qualche minuto, poi Reg chiese: «Quindi... tu e Nick. State insieme da molto?»

«Uh. Non moltissimo, in realtà.» Jackson sentì le guance scaldarsi. «Meno di un anno.»

«Però vivete assieme, giusto?»

«Vivevamo già assieme comunque.» Dentro di sé stava maledicendo Nick per averlo messo in quella posizione. Detestava mentire ed era sempre stato un disastro a farlo. «Eravamo amici da molto tempo.» Quello almeno era vero.

«Questo è un bene. Anche io e Sue eravamo amici prima. Secondo me dà delle solide basi a una relazione.»

«Ne sono sicu... cioè, voglio dire, sì. Assolutamente.»

«È bello vedere Nick con l'aria felice.» Reg prese un'altra patata dal mucchio. «Beh, se devo dire la verità, è bello vederlo in generale. Non ero sicuro che sarebbe venuto.»

«Ha avuto bisogno di un po' di persuasione.»

«Così ho sentito dire.» Il tono era serio. Quando si azzardò a lanciargli un'occhiata in tralice, Reg aveva la bocca tirata in giù agli angoli. «Mi fa piacere che sia qui, però vorrei che lasciasse andare il passato e si rilassasse un po'.»

Jackson prese un respiro profondo, con la speranza di non stare per peggiorare una situazione già complicata. «Reg, con tutto il rispetto, perché non cerca di parlargliene?» Represse l'impulso di dirgli che avrebbe dovuto scusarsi. «Io conosco Nick, e potrà anche essere molto bravo a serbare rancore, ma è vero anche che è bravo a dare delle possibilità alla gente. È cauto, però, e non si fida con facilità. Quindi se vuole davvero sistemare le cose con lui, dovrà fare il primo passo.»

Smise di parlare, il cuore che batteva forte.

Reg rimase in silenzio per un lungo momento. «Grazie della franchezza,» disse alla fine. «Hai ragione, devo parlarci. Lo so che sono stato duro con lui quando era più giovane. Ho cercato di spingerlo a essere qualcosa che non era, e tutto quello che sono riuscito a fare è stato allontanarlo.» Emise un'asciutta risata priva di gioia. «E la cosa ironica è che è riuscito a fare talmente tante cose, senza alcun sostegno da parte mia. Sono così orgoglioso di lui per come si è ritagliato il suo percorso e per come se l'è cavata bene.»

«Dovrebbe dirglielo,» replicò Jackson. «Penso che gli farebbe piacere.»

«Sì. Hai ragione. Gli parlerò quando torna.» Mise giù il pelapatate e gli diede una pacca sulla spalla. «Grazie, Jackson. Sei un brav'uomo.» Gli diede una rapida stretta alla spalla e aggiunse burbero: «Sono contento che Nick abbia trovato qualcuno come te.»

Jackson si sentì scorrere dentro un sacco di emozioni complicate: orgoglio, senso di colpa, e un malinconico struggimento che quasi gli strozzò la voce. «Sono fortunato io ad avere lui,» riuscì a dire. In quel momento si rese conto che desiderava con tutto il cuore che quella recita fosse reale.

Sono innamorato di Nick. Quella realizzazione fu come un pugno in pieno petto e gli rubò il fiato. Era come se una lente fosse slittata al suo posto e tutti i suoi sentimenti stessero andando d'improvviso dolorosamente a fuoco. Quella non era una cotta. Quella era roba seria, solo che non aveva voluto vederlo. *Porca cazzo di merda. Sono innamorato di Nick e non ne avevo idea.*

E non aveva neanche idea di cosa fare con quell'informazione adesso che la sua mente inconscia l'aveva finalmente lasciata arrivare in superficie. Quindi prese un'altra patata e andò avanti a pelare, domandandosi quando esattamente si fosse innamorato del suo migliore amico, e come fosse riuscito a tenere nascosta la cosa a se stesso così a lungo.

AVEVANO FINITO di sbucciare e tagliare tutte le patate, si erano fatti strada attraverso le carote, ed erano occupati ad aggredire un mucchio di cavoletti di Bruxelles, quando il rumore della porta sul retro li avvertì che gli altri erano rientrati a casa.

«I vagabondi ritornano,» commentò Reg in tono allegro. «Avete fatto una bella passeggiata?»

«Sì, è stata stupenda,» rispose Sue. «Cielo! Siete stati parecchio impegnati voi due. Ben fatto.»

«Siamo andati all'Albero Dei Pirati,» disse Pete. Con le guance rosee per il freddo, aveva l'aria molto più vivace rispetto a prima di uscire. «Non riesco a crederci a quanto sembra messo bene. Pensavo fosse andato a pezzi, oramai.»

«Me ne sono preso cura,» disse Reg. «L'ho risistemato qualche volta nel corso degli anni, e ho trattato il legno quando ce n'è stato bisogno.»

«Perché?» chiese Nick, con un'espressione intenta. Una ciocca di capelli gli era ricaduta sulla fronte. «Perché prenderti la briga?»

Reg si strinse nelle spalle. «Ci abbiamo messo un sacco di lavoro per farlo. Sarebbe stata una vergogna lasciarlo marcire. Seth potrebbe avere voglia di giocarci quando sarà più grande, e magari a un certo punto ci saranno altri nipotini.»

«Non da parte mia.» Pete arricciò il naso. «Penso di non avere un solo osso paterno in tutto il corpo. Però sono sicuro che Maria e Adrian vorranno degli altri marmocchi. E voi due?» Spostò lo sguardo da Nick a Jackson e poi di nuovo a Nick intanto che chiedeva, come per caso: «Voi volete dei bambini?»

Il cuore di Jackson saltò un battito.

«Ancora non ne abbiamo parlato,» disse Nick disinvolto. «Però chissà? Magari, un giorno.» Sorrise, un sorriso dolce e intimo che gli fece male al cuore per tutte le cose che aveva desiderato in segreto senza nemmeno saperlo. Gli sembrava che quel cuore glielo avessero aperto in due, e che tutti quei desideri nascosti si stessero rovesciando fuori come un fiume, minacciando di travolgerlo.

In qualche modo riuscì a costringersi a ricambiare il sorriso.

«Forse.»

OTTO

Nick era in soggiorno con Jackson, Seth e Maria. In TV c'era la Regina che faceva il suo discorso natalizio. «È sbalorditivo, vero?» commentò Nick, meravigliato. «Giuro che non sembra invecchiata per niente da quando ero bambino. Com'è possibile?»

«Ritratto in soffitta?» suggerì Jackson.

«Buoni geni?» disse Maria. «Anche la Regina Madre era incredibile.»

«Nick?» La voce di suo padre dalla soglia lo distolse dai suoi interrogativi sulla miracolosa longevità della Regina. «Ti posso dire una parola?» Qualcosa nel tono diede un'impennata alla sua ansia. «In privato,» aggiunse suo padre.

Gli si annodò lo stomaco. «Sì, okay.» Aveva mantenuto un tono deliberatamente disinvolto. Si alzò in piedi e si stiracchiò, prima di seguirlo fuori dalla stanza.

«Andiamo a parlare nel mio studio.»

Quelle parole lo misero sulla difensiva e gli fecero irrigidire i muscoli. Mentre oltrepassava la soglia ed entrava nella respingente penombra dello studio, i pannelli di legno scuro alle pareti sembrarono chiuderglisi attorno, risuonando strato su strato di infelici memorie di tutte le volte che le sue pagelle erano state insoddisfacenti... quindi, con tutta probabilità, alla fine di ogni trimestre o semestre.

Questo non è abbastanza, Nick.

Devi darci dentro.

Non vuoi andare in una buona università?

Smetti di sprecare il tuo potenziale!

Si ficcò le mani in tasca e rimase lì fermo in piedi, aspettando che suo padre andasse a sedersi dietro la scrivania. Invece lo sorprese appollaiandosi sul bordo, in modo che fossero faccia a faccia. Vide un muscolo sussultare nella mandibola di suo padre, il quale abbassò lo sguardo per un attimo. Sembrava essere perfino più nervoso di lui.

«Nick,» esordì. «Mi fa piacere che tu sia qui per Natale quest'anno.» Sollevò lo sguardo e lo guardò negli occhi. «È passato troppo dall'ultima volta, e spero che questa sarà la prima di molte altre. Lo so che sei stato arrabbiato con me per molto tempo, e non ti biasimo. Il modo in cui bevevo mi ha reso una persona difficile con cui vivere. Ero stressato e infelice, e me la sono presa con le persone che amavo.» Nick sostenne lo sguardo di suo padre e aspettò, domandandosi che cos'altro ci fosse in arrivo. «E mi dispiace di non essere stato più di sostegno quando hai fatto coming out. Onestamente, ero scioccato.» Si strinse nelle spalle. «Proprio non me lo aspettavo e non sapevo come reagire. Non disapprovavo. Ero solo... preso alla sprovvista, suppongo, quindi non sapevo quali fossero le cose giuste da dire.»

«Già. Decisamente no,» disse lui, amareggiato.

Sei sicuro?

Forse sei solo confuso.

Come fai a saperlo davvero, alla tua età?

Hai mai provato con una ragazza?

Nessuna di quelle cose era sulla lista delle frasi di sostegno da dire a un figlio gay quando si dichiarava.

«Ti ho deluso e mi dispiace. Ti voglio bene, Nick, e sono così fiero di te e di quello che hai fatto della tua vita. È meraviglioso vedere il successo che hai avuto negli affari, e adesso nella tua vita privata... sistemandoti con un uomo adorabile come Jackson.»

L'espressione di suo padre era dolorosamente sincera, e in qualche modo quello rese ancora più bruciante la rabbia di Nick. Si aggrappò alla propria ira, riluttante a lasciarla andare, nutrendola con tutte le cupe eco del passato che erano state risvegliate. «Non mi importa che cosa pensi tu!» Gli scagliò contro quelle parole come oggetti taglienti che potevano ferire. «Io non ho bisogno della tua approvazione adesso. Io *non ho bisogno* che tu sia fiero di me. La tua opinione non significa niente per me, perché ha smesso di importarmi di quello che pensavi di me un sacco di tempo fa.»

Strinse le mani in due pugni furiosi; stava urlando e non gli importava di chi avrebbe potuto sentirlo. «È troppo tardi, cazzo! Ne avevo bisogno allora, non adesso. Quando ero piccolo non ero mai abbastanza sveglio, non lavoravo mai abbastanza sodo, non ero mai abbastanza sportivo. Pete era il ragazzo d'oro e io ero quello che non riusciva mai a soddisfare le tue aspettative, che non raggiungeva mai il suo pieno potenziale, solo perché volevo studiare arte e non matematica, e non volevo diventare un dannato contabile o consulente finanziario o qualsiasi altra cosa tu volessi farmi diventare. Non mi è mai stato permesso di seguire i *miei* sogni. Mi hai fatto sentire di merda, come se io non fossi *mai* abbastanza. Avevo bisogno che tu mi amassi per quello che ero, che mi accettassi per quello che ero, e non lo hai fatto, e questa cosa non puoi tornare indietro a sistemarla.»

Fissò il viso sconvolto di suo padre, con il cuore che martellava dietro alle costole come un topo intrappolato in una gabbia. Era scioccato anche lui. Non si era reso conto della portata della propria rabbia finché non le aveva tolto il guinzaglio. Adesso che si era sfogato la combattività lo aveva abbandonato di colpo, e si sentiva debole e tremante.

«Nick.» Suo padre aveva la voce rauca. «Non sapevo... Non ho mai avuto intenzione...» Prese un respiro tremante. «Non mi sono reso conto che il mio comportamento ti facesse sentire così. Volevo solo quello che era me... quello che *io* pensavo fosse meglio per te.» Gli fece un sorriso triste. «Ed è saltato fuori che tu hai sempre saputo che cosa fosse meglio.»

Sorpreso da quell'ammissione, Nick si lasciò scappare un mezzo sbuffo divertito. «Sì. Mi sa di sì.»

«E hai ragione. Non posso tornare indietro e sistemare le cose. Tutto quello che posso fare è dirti che mi dispiace davvero e che ti voglio bene, e che mi piacerebbe che ricominciassimo da capo, se sarai in grado di perdonarmi.»

Quelle parole rimasero lì sospese in aria. Le possibilità gli si diramarono davanti, e lui si sentì il petto chiuso e stretto mentre le considerava tutte. Era così riluttante a rendersi di nuovo vulnerabile. Però non era più un bambino. Era un uomo adulto che aveva affrontato un sacco di merda negli ultimi due anni. E se quelle scuse a cuore aperto di suo padre erano un buon indizio, sembrava che non fosse l'unico ad aver rovistato nella propria anima.

Respirò profondamente. La gabbia attorno al suo cuore si aprì un po'; non del tutto, ma quanto bastava perché decidesse di correre il rischio. «Farò un tentativo.» Era il meglio che potesse offrirgli.

Il volto di suo padre si ammorbidì in un sorriso speranzoso. «È tutto quello che ti chiedo.»

Si fissarono, e Nick sentì che le muraglie del suo risentimento iniziavano a sgretolarsi. Ci sarebbe voluto del tempo perché crollassero del tutto, ma per la prima volta dopo anni era in grado di immaginare un momento in cui sarebbe potuto accadere. Quell'istante si prolungò, e lui cominciò a sentirsi a disagio. Doveva dargli un abbraccio? Per quello non pensava di essere pronto, quindi lasciò scivolare via lo sguardo e lanciò un'occhiata alla stanza, in cerca di distrazione.

Era molto diversa da come la ricordava. I mobili erano gli stessi, ma le pareti erano ricoperte di quadri. Sulle prime non fece il collegamento, finché non guardò con più attenzione e non riconobbe sua madre in un disegno a carboncino, Seth in uno schizzo a matita, e la casa e il giardino dei suoi genitori portati alla vita con gli acquerelli.

«Sono tuoi?» domandò, incredulo.

«Sì.»

Nick studiò un dipinto ad acrilici di un vaso di narcisi. «Sono dannatamente buoni,» disse con riluttanza. «Voglio dire, non è esattamente un Van Gogh...»

Suo padre si mise a ridere. «Non ci va nemmeno vicino.»

«Però, seriamente, sono fantastici. Come hai fatto a tenere segreto questo talento per tutto questo tempo?»

«Non sapevo di averlo, in realtà. Da bambino ho sempre amato disegnare, ma non sono mai stato incoraggiato a continuare. Tuo nonno non pensava che fosse un hobby adeguato.» Fece un sorriso un po' storto. «Immagino ti suoni familiare. Dicono che gli schemi si ripetano lungo le generazioni. Vorrei essere stato abbastanza illuminato da spezzarne lo stampo.»

D'improvviso Nick sentì una fitta di compassione per quella versione più giovane di suo padre, un altro ragazzo a cui non era stato concesso di seguire i propri sogni.

Almeno lui si era ribellato abbastanza presto perché la cosa non lo trattenesse.

«Meglio tardi che mai?» provò a dire.

Questa volta il sorriso di suo padre fu luminoso e rilassato. Ridacchiò anche un po'. «Effettivamente.»

C'era un cavalletto vicino alla finestra, e Nick andò a guardare quel dipinto ad acrilici, non ancora terminato. Ritraeva una vecchia quercia. L'enorme tronco si torceva salendo a spirale verso l'alto, aprendo i rami verso il cielo. Dentro c'era un buco, di una forma e posizione tali che lui lo riconobbe immediatamente. «Stai dipingendo l'Albero Dei Pirati!»

«Sì.»

«Lo adoro. La grana del tronco ti è venuta proprio bene. Me la sento quasi sotto le dita.»

«Grazie.» Le orecchie di suo padre erano diventate rosa per quella lode. «Sono parecchio contento di questo qui, finora.» Poi guardò l'orologio. «Oh, maledizione. Devo andare a ungere di nuovo il tacchino e mettere a bollire le patate. Scusa.»

«Nessun problema. Non voglio mica trattenere lo chef.» Fece un mezzo sogghigno.

«Grazie, Nick. Sono contento che abbiamo parlato.»

«Anch'io.»

Dopo che suo padre se ne fu andato lui rimase lì, prendendosi del tempo per guardare bene tutti i dipinti che ricoprivano le pareti dello studio. Gli ci sarebbe voluto un po' per abituarsi a quella nuova versione, ma riteneva che sarebbero andati d'accordo.

Tornò al quadro con l'Albero Dei Pirati e cercò di immaginare come sarebbe stato una volta finito. Doveva chiedere a suo padre di mandargli una foto. Era davvero un posto fantastico; per molto tempo era stato il suo posto preferito in tutto il mondo. Gli sarebbe piaciuto che Jackson avesse avuto la possibilità di vederlo con la luce, il giorno prima.

Nel momento stesso in quel pensiero gli attraversò la mente, un raggio di luce colpì la tela mentre il sole del tardo pomeriggio emergeva dal banco di nubi che aveva nascosto il cielo tutto il giorno. D'improvviso il quadro sembrò ancora più vivo, i colori più luminosi e vibranti, richiamandolo come un segnale da parte dell'universo.

Se si fossero sbrigati, ci sarebbero arrivati prima del buio.

Andò a cercare Jackson. «Ho voglia di fare un'altra passeggiata. Ti va di venire?»

«Sicuro. Soprattutto visto che prima me la sono persa.»

«Sbrigati allora, prima che faccia buio. Forse ci conviene prendere tutti e due i telefoni, giusto per precauzione.» Non chiese agli altri se volessero unirsi a loro, e per fortuna nessuno lo suggerì.

Si vestirono ben bene e uscirono dalla porta sul retro.

Nick avanzò a passo vivace attraverso il bosco mentre il sole calava nel cielo, luce dorata che si insinuava obliqua tra i rami nudi.

«Com'è andata la conversazione con tuo padre?» chiese Jackson seguendolo lungo lo stretto sentiero.

«È andata bene,» disse lui. «Sorprendentemente bene, alla fine.»

«Sì? È fantastico. Quindi hai fatto la pace con lui?»

«Sì. Immagino di sì. Si è scusato, e io gli ho urlato contro. Poi si è scusato di nuovo... per le cose che contavano davvero.» Si voltò a guardarlo. «Gli hai parlato mentre ero fuori, prima? Parlato di me, intendo.»

L'espressione di Jackson gli disse tutto quello che aveva bisogno di sapere prima ancora che l'altro rispondesse. «Sì. Spero che tu non sia arrabbiato con me. Lo so che non avrei dovuto interferire, ma...»

«Ehi.» Nick gli mise una mano sulla spalla. «È tutto okay. Lo so che stavi cercando di aiutare, e guarda. Ha funzionato.» Sorrise. «Avevi ragione sul fatto di dargli una possibilità. Sono contento di averlo fatto. Penso che le cose andranno bene fra di noi da adesso in avanti, e questo significa che posso riavere indietro la mia famiglia.»

Gli buttò le braccia attorno e lo tenne lì, continuando ad abbracciarlo finché Jackson non sollevò le proprie per ricambiare.

«Grazie,» disse a bassa voce, premendogli il viso contro il collo, subito al di sopra della sciarpa. Inspirò quel profumo dolce e un po' muschiato, e gli si gonfiò il cuore, colmo di affetto e gratitudine. «Grazie infinite per tutto quanto. Di essere qui. Di avermi aiutato a sistemare le cose con mio padre. Sei il migliore.»

«Non è niente,» disse Jackson, burbero, stringendolo un po' più forte. «Lo so che tu avresti fatto lo stesso per me.»

«Senza pensarci due volte.» Lo lasciò andare, riluttante ad abbandonare il confortante calore di quelle braccia. Ma la luce iniziava a spegnersi, e avevano un albero da trovare. «Ti voglio bene, eh.» Glielo aveva detto così spesso nel corso della loro amicizia, che non avrebbe dovuto sembrargli strano, ma chissà come mai quel giorno le parole presero una nuova risonanza, restando lì sospese tra di loro nel tramonto, mentre Jackson esitava un attimo prima di replicare.

«Anche io.»

Mentre proseguivano tra gli alberi, Nick disse: «Che ne penseresti di restare qui una notte in più? Sto pensando di chiedere ai miei se per loro è okay. Non c'è niente per cui devi per forza tornare indietro per domani, giusto? So che Maria e Adrian rimarranno qui fino al ventinove, e sarebbe carino passare più tempo con loro... e con Pete, anche. Credo che rimanga qui a dormire anche domani notte.» Sarebbe stato bello anche avere più tempo per imparare a conoscere di nuovo suo padre, e per lavorare un po' per costruire quella loro nuova tenue connessione.

«Sì, va benissimo.»

«Sei sicuro?» Il sentiero era più ampio adesso, e lui gettò un'occhiata di lato in modo da poter vedere Jackson che gli stava al fianco.

«Sì. Non c'è niente per cui devo tornare, a parte la palestra. E posso sopravvivere senza palestra ancora per un giorno.»

«Potresti andare a correre con Adrian e Pete intanto che io ti tengo al caldo il posto sul divano.»

Jackson si mise a ridere. «Ma quanto sei gentile.»

Nick non era mai stato un corridore. Preferiva ancora il ballo a qualsiasi altro esercizio fisico, ma si manteneva in forma andando a nuotare un paio di volte alla settimana e spostandosi a piedi o in bicicletta piuttosto che in macchina, ogni volta che gli era possibile.

«Eccoci qua.» Si fermò ai piedi dell'Albero Dei Pirati. «Non è bellissimo?»

«Sì.» Jackson stava fissando in su, verso i rami. «È davvero fantastico.»

Nick si tolse i guanti e appoggiò le mani sul tronco contorto. «Secondo te quanto è vecchia?»

«Non saprei. Forse avrà un centinaio d'anni, considerata la grandezza. Magari di più?»

Era strano pensare che ci fosse molto di più sotto la superficie, le radici che crescendo si estendevano in un mondo sotterraneo segreto, ancore invisibili che avevano mantenuto l'albero forte e stabile nel corso di innumerevoli tempeste. Quel pensiero gli fece nascere uno strano brivido lungo la spina dorsale, come se stesse assorbendo dalla terra una qualche antica energia.

«Tutto okay?»

«Sì. Sì sto bene.» Si scrollò di dosso quella strana emozione. «Arrampichiamoci. Vuoi andare prima tu stavolta?»

«No, sono ben felice di seguirti.»

«Vuoi solo avere una scusa per guardarmi il culo,» lo stuzzicò lui con un mezzo sogghigno.

«Beh, è abbastanza un bel panorama.» Il tono era leggero, però Jackson stava evitando il suo sguardo. «E in più così potrò controllare dove sono gli appoggi per i piedi.» Tirò fuori il cellulare e tenne la torcia già pronta.

Nick si arrampicò con disinvoltura, lo schema dei movimenti gli veniva facile, familiare. Che cosa fantastica era la memoria muscolare, delineata anni prima nei percorsi neurali che si diramavano nel suo cervello in maniera molto simile alle radici dell'albero dentro cui si stava arrampicando.

Quando raggiunse la piattaforma abbassò lo sguardo e vide Jackson fermo lì, incastrato in quello stretto spazio, che si puntava la torcia verso i piedi.

«Riesci a vedere quello a cui stai mirando?» chiese lui.

«Sì, penso di sì. Questa volta l'ho capita.» Jackson mise via la torcia per arrampicarsi. «Accidenti, sono troppo grosso.»

«L'altra volta ci sei riuscito. Te la caverai bene.»

«Sarebbe maledettamente più facile se fossi più magro. Le spalle non mi lasciano molto spazio di manovra. Uff. Ci sono quasi.»

Alla fine si issò attraverso l'apertura e si sedette accanto a lui, senza fiato e sorridente. «Ce l'ho fatta.»

«Bel risultato.» Nick gli diede una pacca sulla schiena.

«E ne valeva assolutamente la pena» Jackson si guardò attorno. «È proprio fico poterlo vedere alla luce del giorno. Che posto spettacolare!»

«È perfetto, vero?»

La quercia li cullava, tenendoli lì abbracciati tra la terra e il cielo. In quel periodo dell'anno i rami erano nudi quanto bastava da poter vedere l'arancione e il rosa del tramonto attraverso gli alberi che circondavano.

«È talmente pacifico.» Jackson era seduto immobile, con un'espressione lontana.

Nick si sintonizzò sui suoni della natura: il sussurrare di alcune foglie molto determinate ancora aggrappate ai loro rami, l'improvviso fruscio di uno scoiattolo su un albero vicino, il cinguettio degli uccelli che si sarebbe ben presto spento assieme alla luce. Quella specie di formicolio di prima ritornò, un senso di connessione con tutto il mondo attorno, nato da un'inebriante ventata di felicità. Il suo sguardo si posò su Jackson e quell'emozione crebbe ancora, gonfiandoglisi nel petto e facendogli battere il cuore più in fretta.

«Stai bene?» Jackson lo stava guardando incuriosito. «Hai un'aria... non so. Come se stessi per piangere, oppure per metterti a cantare, o roba del genere.»

«Sì. Sto bene. Sono solo... contento di essere qui.» Quello stato d'animo era troppo elusivo, troppo intangibile, e troppo prezioso anche solo per tentare di descriverlo. Voleva sorvegliarlo e tenerlo al sicuro, non diluirlo con parole inadeguate.

Un po' imbarazzato, interruppe il contatto visivo per osservare i rami più in alto. «Oh, guarda!» Ridacchiò indicando un groviglio sferico di foglie che pendeva pochi metri sopra le loro teste. «Vischio. Che peccato che non siamo davvero una coppia, altrimenti sarebbe la cosa più perfetta del mondo, non ti pare?» Fece a Jackson un mezzo sorriso. «Da soli in questo posto bellissimo, con gli uccellini che cantano, il sole che tramonta, e una palla di vischio proprio lì. È come se l'universo lo avesse pianificato apposta per noi.» Nonostante quel tentativo di umorismo il cuore gli batteva fortissimo, e provava una strana sensazione allo stomaco.

Jackson sollevò lo sguardo e gli fece un sorriso un po' incerto. «Già.» Lo sbuffo di risate che emise non suonava proprio giustissimo.

«Onestamente, mi sento come se dovessimo baciarci, adesso. Come se qualcosa volesse farlo succedere.» Non stava scherzando. Si fissarono, intrappolati da una strana intensità che sembrava vibrare nell'aria attorno a loro, una qualche antica e ineluttabile forza della natura.

«Forza allora, baciami.» C'era un accenno di sfida negli occhi di Jackson, come se gli stesse suggerendo di fare qualcosa di pericoloso.

Nick non esitò. Se ci avesse pensato troppo gli sarebbero venuti in mente un migliaio di motivi per non farlo. Invece si lasciò guidare dall'istinto. Si avvicinò, chiudendogli una mano dietro la nuca e attirandolo a sé. Quando le loro bocche si sfiorarono, quella sensazione elettrica crebbe e si diffuse ancora di più. Lui ammorbidì le labbra, permettendo loro di socchiudersi contro quelle di Jackson per un attimo, e con sua meraviglia Jackson iniziò a ricambiare il bacio sul serio. Lento e gentile, ma con una tale assoluta determinazione che lo accese dalla punta dei piedi alla cima dei capelli con una dolce ondata di desiderio.

Questa è una pessima idea.

Ma era troppo tardi, ormai. Per la sua mente razionale sarebbe stato più facile bloccare un autoarticolato finito fuori controllo. Non voleva fermarsi neanche per un attimo a mettere in discussione quello che stava facendo, nel caso in cui quella magia di metà inverno evaporasse e il momento andasse perduto. Spinto da un cocktail di ormoni ed emozioni che dava alla testa, approfondì il bacio, posando l'altra mano sulla guancia di Jackson mentre questi gli chiudeva le braccia attorno e se lo tirava più vicino.

In quel bacio c'era un tocco di disperazione, come se nessuno dei due volesse lasciarlo finire. Nick pensò che sarebbe andato avanti a baciare Jackson per sempre, se avesse potuto. Catturato in quell'istante perfetto, non era pronto ad affrontarne la caduta, che era inevitabile nel momento in cui si fossero fermati.

La corta barba ispida di Jackson sfregava contro la sua. L'amico emise un basso gemito di gola a cui Nick fece eco, e gli si avvicinò ancora di più, muovendosi in modo azzardato di traverso, in modo da potergli stare seduto in grembo. Con una mano affondata tra i suoi capelli, Jackson gli piazzò l'altra sul culo e lo tirò ancora più vicino, sino a che tra di loro non ci fu più spazio.

Poi Jackson si allontanò per potergli ansimare all'orecchio: «Cazzo, Nick. Che diavolo stiamo facendo?»

«Pomiciando.» Nick spinse di nuovo la bocca di Jackson sulla propria e lo baciò ancora un attimo prima di fare una pausa per borbottare: «Sono sicuro che ti sia familiare il concetto.»

Questa volta fu Jackson a reclamare la sua bocca con degli altri baci, e Nick seppe che, qualunque diavolo di cosa fosse quello che *stavano* facendo, anche l'amico era coinvolto.

Cazzo, grazie. Il suo uccello era così duro che avrebbe potuto spaccarci le noci, e non aveva avuto contatti sessuali con un'altra persona per così tanto tempo, che si era quasi dimenticato che sensazione desse. A meno che Jackson non gli dicesse senza mezzi termini che voleva smettere, ci sarebbe voluto un terremoto, o forse un meteorite, per fermarlo.

Infilando la mano tra i loro corpi, trovò un rassicurante rigonfiamento nei jeans di Jackson. Sollevato dal fatto di non essere l'unico dei due a sentirsi arrapato, riuscì ad aprirgli la patta con una mano sola. «Questo è okay?» mormorò tra un bacio e l'altro.

«Sì,» replicò Jackson rauco, e poi, quando lui gli chiuse le dita attorno all'uccello, esclamò: «Cazzo! Hai la mano fredda.»

«Scusa.» Gli scappò da ridere. «Aspetta un attimo. Proviamo così, invece.»

Gli diede un ultimo rapido bacio sulle labbra prima di togliersi cautamente dal grembo di Jackson, fermandosi a controllare che ci fosse una tavola bella solida su cui inginocchiarsi. Sarebbe stato un momento estremamente inopportuno per cadere giù attraverso il buco del tronco. Gli fece allargare le ginocchia e gli liberò l'uccello. «Scusa,» disse quando Jackson emise un grido stridulo. «Mani fredde, lo so... Così andrà meglio.» Sostituì le dita gelide con la bocca, dandogli una succhiata sperimentale. Con tutte le sue lamentele per le mani fredde, non pareva che la temperatura gli avesse raffreddato i bollenti spiriti. Ce l'aveva grosso e duro, ed era così dannatamente bello averlo in bocca.

«Cazzo.» Jackson immerse le dita tra i suoi capelli, accarezzandolo e poi afferrandolo quando lui lo risucchiò a fondo. «Oh mio Dio... Nick.»

Era talmente strano sentire la voce del suo migliore

amico pronunciare il suo nome con quel tono di disperato bisogno. Probabilmente la cosa non avrebbe dovuto eccitarlo così tanto, però era così. Mosse la testa su e giù, sentendo Jackson che cominciava ad andargli incontro, spingendosi nella sua gola. Con un bisogno disperato di avere anche lui un po' di sollievo, si strofinò attraverso i jeans, chiedendosi quanto gli ci sarebbe voluto per venire nei pantaloni se fosse andato avanti in quel modo, e quanto sarebbe stato scomodo farsela a piedi fino a casa, a quel punto.

«Cazzo. È così bello. Non durerò ancora molto.»

A lui andava benissimo, perché in quel caso magari Jackson avrebbe ricambiato, salvando la sua biancheria intima da un appiccicoso destino.

Emise un gemito soffocato di incoraggiamento e raddoppiò i propri sforzi, fino a che non venne ricompensato da Jackson che ansimava di nuovo il suo nome. Gli strinse le dita tra i capelli e il suo uccello pulsò, riempiendogli la bocca di sperma che quasi gli andò di traverso. Riuscì ad aspettare che Jackson avesse finito, prima di tirarsi via e inghiottire.

«Dio, Nick... è stato... che cazzo è appena successo?» Jackson sembrava stordito.

Per il bisogno disperato di avere il suo turno, Nick si stava già sbottonando i jeans. «Mi sei appena venuto in gola, e io sono quasi venuto nelle mutande.» Si chiuse la mano attorno, sentendo l'uccello appiccicoso di liquido preseminale. «C'è qualche possibilità che tu voglia aiutarmi con questo?»

«Sì, sicuro.»

«Mano o bocca?»

«Bocca, però non sono sicuro che mi funzionino le gambe. Dammi un minuto.»

Nick non pensava che avrebbe resistito per un minuto. Si tirò in piedi, a cavalcioni delle gambe di Jackson, tenendosi stretto a un paio di rami, poi piegò un po' le ginocchia in modo che il suo uccello fosse al livello della bocca dell'altro. «Che te ne pare?»

«Sì. Così funziona.»

«Fantastico. Apri, allora.» Gli picchiettò la punta dell'uccello sulla bocca. «Ohhh, cazzo.» Quando quel calore bagnato lo avvolse lui aumentò la propria presa sull'albero, pregando che quei rami fossero robusti quanto sembravano. «Che bello.» Sarebbe finita fin troppo presto, ed era tragico, ma erano passati due anni dall'ultima volta che qualcuno glielo aveva succhiato, e la sensazione era semplicemente troppo intensa. Si spinse istintivamente in avanti, facendo ondeggiare i fianchi e tentando di andare più a fondo. «Sto per venire,» mormorò.

Un altro paio di spinte e venne con un grido acuto, sopraffatto da un orgasmo travolgente. Le sue gambe quasi cedettero, ma le mani di Jackson erano lì sui suoi fianchi a tenerlo saldo finché non passò anche l'ultima ondata.

«Gesù Cristo benedetto,» disse, con voce un po' debole. Riaprì le mani allentando la presa mortale sui rami e si lasciò scivolare giù fino che non fu seduto in grembo a Jackson. Gli appoggiò la testa sulla spalla e sentì quelle forti braccia chiuderglisi attorno. «Porca puttana.»

«Tutto okay?» chiese Jackson.

«Sì.» A essere sincero, proprio non aveva idea se fosse okay o no. Aveva appena fatto un pompino al suo migliore amico, su un albero. Gli ci sarebbe voluto un po' di tempo per assorbire quell'esperienza e ricavarne un senso. *Merda.* Che cosa avrebbe significato per la loro amicizia? Quel pensiero gli fece nascere una fitta di ansia nello stomaco. «E tu?»

«Penso di sì. Sto ancora cercando di capire come diavolo sia potuto succedere. Sono sveglio? Perché se la risposta è no, sto facendo un sogno molto strano.»

Nick si lasciò sfuggire una risatina incerta. «Beh, se è un sogno lo sto facendo anch'io.»

Jackson rise, e quel suono caldo e familiare lo rassicurò. Le cose avrebbero potuto essere un po' strane tra di loro, dopo quella storia, ma in qualche modo ce l'avrebbero fatta.

Dovevano.

NOVE

Jackson strinse le braccia attorno a Nick, tentando di ignorare il crescente senso di disagio per quello che avevano appena fatto. Tutti quegli anni di amicizia e poi... *quello*. Che cosa era preso a entrambi?

Il tempo stringeva, e ben presto avrebbero dovuto tornare indietro per la cena. Lui non aveva nessuna voglia di spezzare l'incantesimo che ancora li circondava. Fermi così, ciascuno avvolto dalle braccia dell'altro, era come se fossero due innamorati in un libro di fiabe, legati assieme da qualcosa di infrangibile, e con un *per sempre felici e contenti* garantito. Ma non era quella la loro realtà.

Avrebbe voluto sapere che cosa stesse passando per la testa a Nick. Era lui l'unico dei due che si era appena sentito scosso nelle fondamenta? Era lui l'unico a sentire che le cose non avrebbero mai più potuto essere come prima, che non *voleva* che le cose fossero mai più come prima?

«Quindi... uhm. È stato...» Le parole erano troppo difficili.

«Divertente?» concluse Nick.

Divertente era una parola con cui si poteva descrivere la cosa. *Sbalorditivo* sarebbe stata più accurata, e non solo perché era stato così bello. Jackson aveva il cervello praticamente ridotto in poltiglia, con sparpagliati dentro dei pensieri frammentari e ansiosi. «Oh sì, sicuro. Però anche un po' folle, eh?» Di sicuro anche Nick doveva per forza stare andando un po' fuori di testa, no?

«Mmm.» Il verso con cui Nick comunicò di essere d'accordo venne attutito dalla sua spalla. Lui avrebbe voluto più risposte di così, ma aveva troppa paura a fare domande troppo dirette, nel caso poi le risposte non gli fossero piaciute. «Sono abbastanza sicuro che abbiamo appena infranto qualche contratto da migliori amici o roba del genere.»

Nick si mise a ridere. Quando rialzò la testa per incontrare il suo sguardo aveva un'aria luminosa, e non sembrava preoccupato. «Probabile. Ma importa? Noi siamo ancora a posto, giusto?»

«Naturale.»

Con l'espressione che si ammorbidiva, Nick gli posò una mano sulla guancia e lo sorprese con un breve bacio sulle labbra. «Non saremmo i primi amici a fare cose assieme. Siamo adulti consenzienti, e siamo tutti e due single. Non è che la cosa stia facendo del male a qualcuno.»

Non ancora, lo avvertì il suo cuore, sussultandogli nel petto. «Ovvio che no.»

«Siamo stati tutti e due celibi per troppo tempo, e devi ammetterlo, è stato davvero fantastico. Magari dovremmo semplicemente concederci di godercela. Dopotutto, è Natale.» Nick sorrise.

Jackson rimase a fissarlo. Stava suggerendo che quella poteva essere più di una botta e via? «Intendi dire... che potresti volerlo rifare?»

«Beh, non *esattamente* questo. Non voglio tentare troppo la sorte e cadere giù da un albero in una imbarazzante disavventura sessuale.» L'espressione divertita di Nick si tramutò in speranzosa incertezza. «Però da qualche altra parte, magari? Ci divideremo un materasso per le prossime notti... quindi potremmo vedere che succede, a distanza tanto ravvicinata.» Si strinse nelle spalle. «Io ci sto se ci stai anche tu. Pensaci su.» E con quelle parole si alzò dal suo grembo e cominciò a risistemarsi vestiti. «Forza. È ora di tornare indietro.»

MENTRE CAMMINAVANO attraverso il bosco sempre più buio i pensieri di Jackson erano un turbine.

Che cosa aveva in mente Nick, di preciso? L'invito a fare qualcosa di più era stato piuttosto chiaro, ma intendeva solo mentre erano lì e condividevano un letto? E se lui si fosse concesso di cedere alla tentazione e avesse accettato, che cosa sarebbe successo una volta tornati a casa?

Rientrarono dalla porta sul retro e trovarono Reg in cucina con un grembiule addosso e le maniche tirate su. C'era un tegame su ogni fornello, il vapore aveva appannato le finestre, e il profumo del tacchino arrosto riempiva la stanza.

«Salve, ragazzi,» li salutò. «Ottimo tempismo. La cena sarà pronta fra venti minuti circa. Gli altri hanno aperto un bianco frizzante intanto che eravate fuori. È in soggiorno, assieme ai bicchieri.»

«Fantastico, grazie. Ti serve un po' d'aiuto?» chiese Nick.

«No, è tutto sotto controllo, grazie.»

Mentre attraversavano la cucina, Nick si fermò e prese Jackson per la manica. «Ehi, non così in fretta.» Indicò in su con un sorriso malizioso.

Jackson sollevò lo sguardo verso il vischio. «Di nuovo?» chiese poi inarcando le sopracciglia.

«È tradizione.» Il bacio fu dolce e casto, completamente diverso da quelli frenetici che si erano scambiati tanto di recente sull'albero, però gli fece battere il cuore più forte.

«LA CENA È STATA FANTASTICA, papà, grazie di averla preparata.» Maria appoggiò coltello e forchetta sul piatto. «Però devo dire basta o non avrò spazio per il dolce.»

«Quella patata la prendo io.» Adrian gliela soffiò dal piatto con un'abile mossa. «Erano deliziose.»

«Sì, Reg. Hai fatto un ottimo lavoro,» disse Sue.

Inquieto per quello che avevano fatto lui e Nick e per quello che avrebbero potuto fare più tardi, Jackson aveva a malapena sentito il sapore del tacchino. Era riuscito ad arrivare fino alla fine del pasto fingendo di ascoltare la conversazione, mentre i suoi pensieri giravano in tondo in cerchi infiniti che non arrivavano mai a una conclusione.

Sapeva che non avrebbe assolutamente dovuto fare nient'altro di sessuale con Nick, perché era un'idea stupida. La loro amicizia era troppo importante per metterla a repentaglio. Forse Nick poteva farcela a includere un po' di sesso occasionale nei loro rapporti, ma lui sapeva che non sarebbe mai riuscito a gestire qualcosa di occasionale.

Adesso che era stato finalmente onesto con se stesso, poteva vedere che i suoi sentimenti per Nick erano già troppo complicati, e passare a una qualche relazione da scopamici poteva solo peggiorare le cose. In cuor suo doveva ammettere di volere molto più di quello che sembrava Nick gli stesse offrendo. Però aveva paura di essere sincero sulla questione, perché non pensava che ci fosse la minima possibilità che Nick provasse le stesse cose. Se Nick avesse avuto quel genere di sentimenti per lui di sicuro non avrebbe suggerito di fare sesso, perché la posta in gioco era troppo alta.

La voce di Nick catturò la sua attenzione. «Mamma, papà... è okay se io e Jackson restiamo una notte in più?»

«Ma certo, tesoro!» rispose immediatamente Sue, illuminandosi in viso. «Va benissimo, non è vero, Reg?»

«Assolutamente. Sarebbe carino averti qui più a lungo adesso che ti abbiamo finalmente riavuto indietro.» Sorrise a Nick, un sorriso caldo e aperto.

Nick ricambiò, arrossendo. «Beh, sembrava un peccato andare via domani, visto che siamo qui.»

Jackson abbassò lo sguardo al proprio piatto e strinse una mano a pugno sotto il tavolo, dove nessuno poteva vederla. Più tempo lì significava più vicinanza forzata, e più tentazioni di accettare qualsiasi briciola Nick gli stesse offrendo.

Sono completamente fottuto.

FINITO DI SPARECCHIARE, si rilassarono davanti alla TV con delle tazze di tè e guardarono *Monsters e Co.* Terminato quello, Maria e Adrian misero a letto un Seth stanchissimo, e quando fecero ritorno Maria disse: «Qualcuno ha voglia di fare una partita a Triv?»

«Sì, okay,» disse Nick. «Tu ci stai, dolcezza?» Gli diede una pacca sul ginocchio.

«Ma sicuro.» Anche la sua famiglia giocava spesso a Trivial Pursuit, a Natale.

«Accidenti. Va bene.» Pete sbadigliò.

Finirono col giocare tutti quanti, e decisero di dividersi in tre squadre. Pete con i genitori, Maria con Adrian, e lui con Nick.

Man mano che la partita andava avanti, Nick e Jackson fecero alla svelta a riempire la loro pedina con tutti i cunei colorati.

«Secondo me voi avete un vantaggio iniquo,» disse Pete mentre loro reclamavano la quinta fetta di torta. «Fra tutti e due non avete un solo punto debole. Nella nostra squadra non c'è nessuno bravo con le domande sull'intrattenimento.»

«Già, e noi siamo tutti e due inutili con quelle sulla geografia,» disse Maria. «Voi due vincete per forza.»

Era vero, le loro aree di cultura generale si combinavano bene una con l'altra. Nick era più in gamba con letteratura e intrattenimento, mentre lui era bravo per scienza, sport e geografia. Ed erano tutti e due abbastanza dignitosi con le domande sulla storia.

«Già. Siamo un bell'abbinamento.» Nick gli fece un sorriso, e il calore che aveva negli occhi gli accese un bagliore nel petto. «È evidente che siamo fatti l'uno per l'altro.»

Nel ricordare che stava mettendo su una recita per la famiglia, Jackson si sentì avvilito.

Però non stava recitando prima, alla casa sull'albero.

Anche se quello era un pensiero rassicurante, a certi livelli, non riempiva il doloroso spazio vuoto nel suo cuore.

Vinsero la partita, come previsto, ma in un secondo round Maria e Adrian riuscirono ad aprirsi la strada verso la vittoria a colpi d'artiglio.

«D'accordo, io temo di dover chiudere qui,» disse Maria. «Devo andare a letto, perché di sicuro Seth domani ci sveglierà di nuovo all'alba.»

«Sì, anch'io,» sbadigliò Adrian.

Anche Sue e Reg andarono a letto, lasciando di nuovo lui, Nick e Pete davanti alla TV. Nick si raggomitolò contro di lui, sistemandosi sotto il suo braccio e tirando su i piedi. Sembrava una cosa così facile e naturale, come se stessero messi così tutte le sere.

A dispetto di quella posizione rilassata, Jackson si sentiva sempre più nervoso alla prospettiva di andare a letto. Che cosa sarebbe successo, a quel punto? Cosa voleva che succedesse?

Si concesse di immaginare varie possibilità, che gli fecero nascere dentro un fremito di eccitazione. Se Nick avesse dato il via a qualcosa, lui sapeva che non sarebbe riuscito a trovare la forza per resistere, anche se sapeva che, con tutta probabilità, era una pessima idea. A quella realizzazione gli scappò un sospiro un po' incerto.

«Tutto okay, dolcezza?» disse Nick a bassa voce.

«Sì.»

«Stanco?» Gli mise una mano sulla coscia, accarezzandolo in una maniera più eccitante che tranquillizzante.

«Un pochino.» Non era nemmeno lontanamente stanco. Quando la mano di Nick salì un po' più in alto ogni cellula del suo corpo andò in allarme rosso, pronta e fremente. Nick gli afferrò l'uccello, stringendolo attraverso i jeans, e lui dovette trattenere un guaito sorpreso, trasformandolo all'ultimo minuto in un colpo di tosse.

«Vuoi andare a letto?» Nick gli fece un sorriso pieno di sottintesi.

«Sì.» Gli spinse via la mano lanciando un'occhiata nervosa a Pete, che era ancora concentrato sulla TV, ignaro della tensione sessuale che aumentava rapida sull'altro lato della stanza.

Nick si tirò su e gli tese una mano, aiutandolo ad alzarsi intanto che diceva allegramente: «Notte, Pete. Ci vediamo domattina.»

«Sì, notte, ragazzi. Dormite bene.»

Salirono le scale di corsa tenendosi per mano. Quando Nick aprì la porta della loro stanza il suo cuore stava battendo fortissimo, e non solo per via delle due rampe che avevano fatto. Nel momento stesso in cui chiuse la porta alle loro spalle, Nick gli mise una mano sulla guancia e lo guardò negli occhi, con un'espressione intensa. «Posso baciarti?»

Non fidandosi della propria voce, Jackson annuì.

Nick gli si fece più vicino, premendosi su di lui, e Jackson gli si appoggiò contro, chiudendo gli occhi mentre le loro labbra si toccavano e poi si socchiudevano un po', il bacio che si approfondiva. Nick sapeva di vino rosso e cioccolato, aromi decadenti quanto il lento, erotico tocco di quella lingua contro la sua. I *perché* e gli *e se* non avevano più importanza in quello spazio intimo. Chiuse Nick tra le braccia e lo tenne stretto, baciandolo ancora più profondamente, perdendosi nelle sensazioni.

La mano di Nick era sotto la sua camicia, riposava calda contro il suo petto. Jackson spostò le proprie più in basso, afferrando lo splendido culo di Nick e dandogli una strizzata.

Quanto spesso aveva immaginato di farlo? Fin troppe volte. Era facile da immaginare, perché fortunatamente, o forse sfortunatamente, la forma del culo di Nick gli era fin troppo familiare. Ai tempi in cui ballava nei club non indossava nient'altro che un sospensorio, quindi lui aveva avuto ampie opportunità di ammirarlo, quando era stato abbastanza fortunato da trovare una posizione vicino al palco. E anche in tempi recenti, Nick tendeva a vagare per l'appartamento con addosso solo la biancheria, perciò aveva ancora modo di occhieggiarlo regolarmente.

Toccare quel culo era magnifico quanto guardarlo, ma nella sua immaginazione c'erano sempre stati meno vestiti. Con una specie di vertigine si rese conto d'improvviso che non c'era nulla a impedirgli di infilarsi nelle mutande di Nick... alla lettera. Cominciò ad armeggiare con la patta, interrompendo un attimo il bacio per mormorare: «Così è okay?»

«Sì,» disse Nick, con il fiato corto.

Una volta aperta la cerniera, Jackson gli infilò una mano dentro le mutande, ed emise un gemito quando toccò le calde curve del culo. Baciandogli il collo, invece della bocca, affondò le dita nel calore del solco tra le natiche. «Dio, che bello,» mormorò.

Nick rise. «Dovrei essere io a dirlo. *Oh!*» boccheggiò poi, quando lui premette con più insistenza. «Wow. Sei proprio uno da culi, dritto al buco senza neanche una strizzata all'uccello.»

«Scusa.» Jackson ritrasse un po' la mano, arrossendo. «Il tuo culo è una grossa distrazione. Dimmi che cosa vuoi, Nick. Io sono disponibile a tutto.»

«Non c'è bisogno di scusarsi. Sono felice che il mio culo sia una tale distrazione.» Gli afferrò il polso e gli sollevò la mano. Aprì la bocca e gli succhiò il medio per un attimo. «Adesso vai avanti,» disse poi con un mezzo sogghigno. «E baciami un altro po'.»

Ben felice di accontentarlo, Jackson lo baciò di nuovo mentre gli premeva il polpastrello inumidito tra le natiche. Nick cambiò posizione, allargando le gambe per dargli più accesso, e gemettero all'unisono quando la punta del suo dito superò le ultime resistenze e scivolò dentro.

Andarono avanti a baciarsi, spingendosi l'uno contro l'altro, e Jackson poteva sentire che a Nick stava venendo duro. Dopo un po' Nick si allontanò e chiese: «Useresti la bocca?»

«Sul tuo culo?»

«Sì, se ti va. Hai detto che eri disponibile a tutto.»

«Cazzo, sì. Mi va eccome.» *Andargli* era minimizzare. Leccare il culo a Nick era la materia di cui erano state fatte le sue più segrete e vergognose fantasie, per mesi.

«Fantastico. Prima mettiamoci nudi.» Divincolatosi per uscire dal suo abbraccio, Nick cominciò a spogliarsi, gettando da parte i vestiti con noncuranza. Jackson ne seguì l'esempio, spogliandosi fino a che il pavimento non fu cosparso di capi di vestiario e loro non ebbero più nulla addosso. Restarono fermi per un attimo, intenti tutti e due a dare una bella occhiata. Era talmente strano starsene lì di fronte a Nick, tutti e due nudi, con l'erezione che puntava dritta verso l'altro.

«Faccio fatica a credere che stia succedendo sul serio,» disse Jackson.

«Pure io.» Ci fu una pausa, e poi Nick sbottò: «Sei una cazzo di meraviglia. Si vede proprio tutto il tempo che passi in palestra.»

«Grazie.»

«Bell'uccello. Prima non ero riuscito a guardarlo bene. Ero troppo occupato a ficcarmelo in bocca.»

A Jackson venne da ridere. «Mi fa piacere che approvi. Sei fantastico anche tu.» Gli fece scorrere addosso lo sguardo, ammirandolo. «Girati, così ti posso guardare il culo,» aggiunse, facendo ruotare l'indice.

«Ooh. Prepotente. Mi piace.» Nick girò obbediente su se stesso, voltandosi a guardarlo da sopra la spalla intanto che agitava i fianchi. «Allora? È soddisfacente?»

«Direi che supera le aspettative. In effetti, fa venire voglia di mangiarselo.»

«Beh, questo torna comodo.» Nick si mosse a quattro zampe sul letto e lasciò ricadere la testa sulle braccia, restando con il culo in su, le gambe un po' allargate. «Datti da fare, allora.»

Jackson lo raggiunse sul letto con un sorriso. A quanto pareva, lui non era l'unico capace di fare il prepotente. Conoscendo Nick bene quanto lo conosceva, quella non era una sorpresa. Senza sprecare tempo, gli allargò le natiche e gli leccò il buco con un colpo deciso di lingua.

«Cazzo.» Nick si tese tutto.

Jackson lo leccò di nuovo e poi focalizzò l'attenzione là dove entrambi la volevano, muovendo la lingua in circolo, dolcemente.

Nick gemette più forte. «Oh, Gesù.»

«Shhh.» Jackson si ritrasse. «Tieni bassa la voce. Al piano di sotto ci sono i tuoi genitori, ricordi?» Riprese a leccarlo, facendo un po' più di pressione. Quando spinse a fondo la punta della lingua e la agitò, Nick emise un verso disperato. Anche se provava una feroce soddisfazione nel sapere che quei suoni li aveva causati lui, Jackson non voleva che li sentisse nessun altro, quindi si tirò indietro di nuovo.

«Non ti fermare. *Per favore*, Jackson.»

«Seriamente, Nick. Tieni bassa la voce. Pete potrebbe venire di sopra tra poco e non c'è bisogno che ti senta ragliare come un asino.»

«Io non sto ragliando.»

«D'accordo, come vuoi tu. Basta che stai zitto.»

«Va bene, va bene. Ci proverò.» Nick afferrò il cuscino e ci seppellì il viso mentre lui ricominciava con il rimming. Non riuscì a tenere la bocca chiusa, ma almeno adesso i suoni erano attutiti. Jackson allungò la mano fra le gambe di Nick, gli prese le palle e gliele strinse, e poi gliela chiuse attorno all'uccello e cominciò ad accarezzarlo. I versi che Nick stava facendo cambiarono leggermente di tono, aumentando un po' di frequenza. Jackson non rimase sorpreso quando riemerse in superficie, ansimando: «Ci sono vicinissimo. Vuoi farmi venire così? Perché se non vuoi, è meglio che ti fermi.»

«*Tu* vuoi venire così?»

«Mi piacerebbe venire con il tuo cazzo nel culo, ma a meno che tu non abbia messo in valigia lubrificante e preservativi, non è fra le opzioni.»

Quell'idea gli si piantò nella testa e mise radici. Avrebbe avuto una voglia tremenda di scopare Nick. «I preservativi non ci servono,» disse. «Nessuno dei due fa sesso da secoli, ricordi?»

«Vero. Il lubrificante, allora. Il mio culo non è abituato a farsi ficcare dentro delle cose, e il tuo cazzo non è esattamente piccolo. Io non ho niente di utile che potremmo adoperare. Non penso che il dentifricio o la roba per capelli vadano bene, quindi, a meno che tu non abbia qualcosa di meglio...»

«No, cazzo. Vorrei avercelo.»

«Anch'io. Domani, magari? Potremmo andare a cercare il negozio di un distributore, per dei rifornimenti sessuali di emergenza.»

«Mi piace l'idea.» Il solo pensiero di infilare il cazzo nel culo di Nick gli dava quasi le vertigini per il desiderio.

«Per adesso... voglio qualcosa nel culo. Useresti le dita per favore? Oppure potresti succhiarmelo di nuovo? Quello farebbe meno casino.»

«Ma certo. Girati.» Gli diede una pacca leggera sulla natica.

Nick si mise sdraiato sulla schiena con le ginocchia tirate su, e lui si sistemò in mezzo. Mentre gli infilava dentro un dito, gli accarezzò l'uccello con l'altra mano. Nick emise un ansito di piacere, e lui sorrise. Con le guance arrossate e gli occhi scuri e scintillanti, Nick era assolutamente splendido. Ancora non riusciva del tutto a credere che lo stessero facendo sul serio.

«Succhiamelo!» C'era un tocco di disperazione in quella voce.

Jackson lo prese in bocca e lo risucchiò a fondo mentre allo stesso tempo piegava le dita, muovendole dentro e fuori con attenzione.

«Oh cazzo, sì. Non ti fermare.» Nick si tese tutto, le cosce che gli stringevano le spalle. Fu questione di attimi, emise un gemito strozzato e i fianchi scattarono verso l'alto, con il primo schizzo di sperma. «Cazzo,» mormorò di nuovo, le mani che trovavano la sua testa e lo tenevano fermo lì ancora per qualche secondo, finché non ebbe concluso. «Wow.» L'intero corpo di Nick si rilassò, e lo lasciò andare, dicendo: «Merda. Ho fatto un sacco di rumore? Sono talmente fuori che non me ne sono reso conto.»

«Nah. Non sei stato troppo male.» Jackson si inginocchiò tra le gambe di Nick, sollevato di potersi mettere una mano sull'uccello, finalmente.

Nick abbassò lo sguardo, osservando affamato il suo cazzo. «Accidenti. Vorrei che potessi scoparmi. Però almeno posso ricambiare il favore. Dammi solo un minuto perché braccia e gambe la smettano di sembrarmi degli spaghetti scotti.»

«Potrei scoparti la bocca,» suggerì lui. «Così non dovresti muoverti.»

A Nick si illuminarono gli occhi. «Sì? Mi sembra un'ottima idea. E direi che è il tuo turno di farlo, comunque. Dacci dentro.»

Spaparanzato contro i cuscini, gli sorrise, con labbra rosee e invitanti.

Jackson gli si mise a cavalcioni della faccia, una mano aggrappata alla testiera del letto, e guidò la punta dell'uccello sfregandogliela sulle labbra, rendendole umide e appiccicose. «Apri.» Spinse, e Nick aprì obbediente la bocca.

Con tutte e due le mani sulla testiera, Jackson cominciò

a muovere il bacino con attenzione, controllando un po' alla volta cosa riuscisse a gestire Nick.

Questi fece un verso di incoraggiamento. Poi gli afferrò il culo, affondando le dita e spingendolo a dargli di più. Quando il suo cazzo urtò il fondo della gola, Nick emise una specie di grugnito ma non cercò di impedirgli di muoversi.

Jackson trattenne un gemito, ricordando che dovevano fare poco rumore. Tenne la bocca ben chiusa e strinse i denti, lottando per contenere i suoni che tentavano di sfuggirgli mentre lui faceva lentamente dentro e fuori. Il modo in cui Nick faceva vorticare la lingua e la suzione della bocca erano incredibili, ma poterlo vedere era quasi troppo da sopportare. Le guance rosa, un adorabile cipiglio di concentrazione in fronte, gli occhi fissi su di lui con un'intensità che gli rendeva impossibile distogliere lo sguardo.

Anche se era lui a essere in posizione dominante, si sentiva assolutamente inerme. Era Nick a guidare i suoi movimenti, conducendolo verso il limite e tenendolo lì, perché rallentava proprio quando lui era sul punto di venire.

«Per favore!» sibilò quando Nick gli mise una mano piatta sul fianco, tenendolo a distanza in modo da potergli leccare la punta, torturandolo con colpi di lingua leggeri come piume.

«Cosa?» domandò, tutto innocente.

«Mi stai uccidendo.» Il suo uccello sobbalzò.

Nick leccò via il liquido preseminale che gli era sfuggito, sempre usando soltanto la lingua, e senza succhiarlo a dovere. Ma fu abbastanza per spingerlo un po' più vicino al limite.

«Vuoi che ti venga in faccia?» chiese disperatamente. «Perché se non la pianti di stuzzicarmi succederà.»

«Sì?» sogghignò Nick. «In realtà direi che è una cosa da urlo.» Gli chiuse una mano attorno e cominciò a masturbarlo. «Fallo.»

Parecchie delle fantasie che aveva su Nick si erano concentrate sul culo del ragazzo. Ma mentre si accarezzava l'uccello e guardava quel viso rivolto verso l'alto si domandò perché mai non avesse immaginato una cosa così; porca merda, era da perderci la testa.

«Sto per venire,» riuscì a dire, ma l'avvertimento arrivò un po' in ritardo, perché il primo schizzo atterrò proprio sulla guancia di Nick e gli finì anche in un occhio, facendolo sussultare.

«Merda. Mi dispiace.» Jackson abbassò la punta, e gli centrò le labbra e il mento con lo schizzo successivo, prima che l'ultimo più debole gli sgocciolasse sul pugno.

«Ahi!» Nick aveva gli occhi chiusi, il viso contorto per il disagio. «Brucia da matti. Sbrigati! Prendi un fazzolettino o qualcosa del genere.»

Jackson si guardò attorno senza saper che fare. In giro non si vedevano fazzolettini. Balzò in piedi, raccattò dal pavimento le sue mutande e ci si pulì le mani prima di raccogliere quelle di Nick e portargliele. «Ecco, tieni.» Gliele premette in mano. «Meglio di niente.»

«Grazie.» Nick si pulì il viso e poi socchiuse gli occhi per vedere che cos'era che aveva in mano, e gli venne da ridere. «Carino.»

«La prima cosa che mi è venuta in mente. Stai bene?» Lo controllò; aveva l'occhio rosso e irritato.

«Più o meno. Meglio che vada a darmi una sciacquata,

però.» Si alzò dal letto e infilò i jeans prima di uscire dalla stanza.

Mentre Nick era via, Jackson si mise della biancheria pulita e poi controllò il letto. Fortunatamente c'era solo una minuscola macchia umida sui cuscini, e non si sarebbe notata, una volta asciutta.

Nick ritornò che profumava di dentifricio e gli fece un sorriso un po' malinconico, con un occhio visibilmente rosso e iniettato di sangue. «È passato un po' dall'ultima volta che qualcuno mi ha beccato in un occhio. Mi ero scordato dei rischi.»

«Fammi vedere.» Con un gesto, Jackson lo invitò a sedersi sul letto. Gli posò una mano sulla guancia e gli fece inclinare il viso verso la luce. «Oh, merda. Mi dispiace davvero. Ha l'aria di far male.»

«Non preoccuparti. È stata colpa mia. Me la sono cercata.»

Jackson ridacchiò. «Già. Mi sa che è vero.»

Si sorrisero, e Jackson sentì il cuore allargarsi. Ma anche in quel momento la sua ondata di affetto per Nick era contaminata da un freddo rivolo d'ansia. Come avrebbero fatto a ritornare alla loro vecchia versione della normalità, quando ridere sul fatto di essergli venuto in faccia non sembrava neanche un po' strano?

DIECI

Nick rimase sveglio ad ascoltare il suono del respiro di Jackson. Lento, profondo e regolare. Dal rimo sembrava che stesse dormendo, però lui non era sicuro. Pensò di chiederglielo, ma poi decise che non voleva rischiare di svegliarlo.

Desideroso di conforto, si girò su un fianco e abbracciò il cuscino. Avrebbe voluto potersi raggomitolare contro Jackson, ma non sapeva se fosse una buona idea. Tra di loro tutto era diverso – per il momento, se non altro – però non era sicuro di quali fossero esattamente i nuovi confini.

Man mano che l'esaltazione post-sesso si spegneva, si sentiva sempre più ansioso.

Ma a cosa cazzo stavamo pensando?

Però detto così non era giusto, perché in cuor suo sapeva che non sarebbe potuto succedere nulla se non avesse dato lui il via. Sicuro, Jackson era stato un partner più che disponibile in quello che era accaduto poi, ma era stato lui ad accendere la miccia. Ricadeva tutto su di lui.

Ma a cosa cazzo stavo pensando?

In realtà il pensiero non c'entrava proprio. Quando

aveva baciato Jackson sull'Albero Dei Pirati, aveva agito per puro istinto. Non sapeva da dove fosse saltato fuori il desiderio che lo aveva travolto. Da quando conosceva Jackson non lo aveva mai desiderato in quel modo. Non che Jackson non fosse attraente. Era stupendo. Però era anche il suo migliore amico, il suo coinquilino, la sua roccia. E, per giunta, non era il genere di uomo di cui di solito andava in cerca lui. Era fin troppo gentile. Jackson valeva un centinaio di quegli stronzi con cui usciva di solito. Si era concesso di innamorarsi ripetutamente di un sacco di coglioni, finché alla fine aveva rinunciato del tutto alle relazioni per concentrarsi su se stesso.

Due anni di counseling dopo, riusciva a capire che cosa lo avesse tenuto intrappolato in quel doloroso ciclo di delusioni e cuore infranto, e la sua counselor pensava che fosse pronto per andare avanti. Ma lui non si fidava di se stesso. Era ancora troppo cauto per riprovarci, nel caso fosse finito col farsi trascinare di nuovo in quello schema nocivo.

Se avessi una relazione con Jackson, sarebbe completamente diverso.

Allontanò alla svelta quel pensiero, perché era troppo pericoloso pensare a Jackson in quel modo. Anche se l'amico avesse provato dei sentimenti per lui, chi poteva dire che sarebbero durati? E se fossero diventati amanti, e poi lui si fosse annoiato e avesse voluto uscirne dopo un paio di settimane, come aveva sempre fatto con gli uomini che non lo trattavano di merda?

Tutti quegli anni di amicizia e lealtà potevano finire danneggiati irreparabilmente, se avessero rischiato di provare ad avere una relazione e non avesse funzionato. Avevano entrambi decisamente troppo da perdere. In qualche modo avrebbero dovuto trovare un modo per tornare alla normalità, una volta rientrati a casa.

Ancora una notte, promise a se stesso. *Possiamo avere giusto una notte in più, e poi sarà finita e tutto tornerà come prima.*

SI SVEGLIÒ per il cigolio del letto, mentre Jackson ne scendeva.

«Che ore sono?»

«Quasi le nove,» replicò Jackson. «Sono rimasto sveglio a leggere per un po', però mi sta venendo fame. Pensavo di andare a farmi la doccia adesso, se per te va bene.»

«Sì. Certo. Vai pure.»

Rimasto da solo, Nick si alzò giusto il tempo che bastava per aprire le tende e arricciare il naso davanti al cielo grigio piombo e alla pioggia. Poi si buttò di nuovo sul letto a guardare le gocce che scendevano lungo il vetro, sperando che quella luce poco convinta gli svegliasse un po' il cervello. Era intontito e con il mal di testa dopo che la notte prima si era girato e rigirato per ore, a forza di stressarsi per Jackson.

Jackson non sembrava aver avuto problemi a dormire, pensò risentito. Perché l'unico a perderci il sonno era lui?

Nonostante quegli scomodi pensieri, chiuse le palpebre e si appisolò di nuovo, svegliandosi quando Jackson ritornò con un asciugamano avvolto attorno alla vita.

«Ehi, dormiglione.» Si tolse l'asciugamano e glielo tirò addosso.

«Ehi!» Nick si mise seduto e usò il telo per sculacciarlo,

finché Jackson non lo afferrò, vincendo la gara di tiro alla fune che ne seguì.

Si sorrisero, e lui sentì lo spirito risollevarsi. Sarebbe andata bene. Quello era Jackson. Erano amici da troppo tempo per incasinare tutto.

«Ti vuoi alzare, pigrone?» chiese Jackson dopo essersi vestito. «Oppure devo andare tutto solo a cercarmi la colazione nella cucina dei tuoi?»

«Mi alzo.» Nick si issò fuori dal letto, si stiracchiò con uno sbadiglio, e poi cominciò a infilarsi i vestiti.

LA PIOGGIA ANDÒ AVANTI per tutta la mattina, e nessuno aveva voglia di uscire. Pete prese residenza davanti alla TV, suo padre sparì nello studio e sua madre si chiuse da qualche parte a fare yoga. Lui e Jackson trascorsero la mattinata aiutando Maria e Adrian a intrattenere Seth, e aiutando sua madre a preparare il pranzo mentre il piccolo faceva un breve pisolino.

La prima parte del pomeriggio fu più o meno uguale. Nick era annoiato e irrequieto, ben lieto della distrazione quando c'era in giro Seth. Era dura sentirti ansioso quando avevi un nipote così carino, che sembrava aver deciso che lui era la sua persona preferita, quel giorno, e gli fece leggere il libro sugli animali più e più volte, fino a che, sovreccitato e turbolento, non cominciò ad arrampicarsi addosso a lui e a Jackson, così gli allestirono un mucchio di cuscini nel bel mezzo della stanza perché si arrampicasse su quelli.

Alla fine riuscì a sfinirsi, e poi arrivò di nuovo l'ora del sonnellino.

«Fai ciao a zio Nick,» disse Adrian. «Ciao ciao.» E gli diede l'esempio agitando la mano.

Nick ricambiò il saluto, facendo un sorriso a Seth. «Ciao, Seth. Buon pisolino.»

Seth sbatté le palpebre, gli occhi un po' appannati, e poi sollevò la manina grassoccia con le dita allargate come una stella marina, aprendo e chiudendo il pugno alcune volte.

«Che ragazzo intelligente!» Maria gli fece un gran sorriso dal divano. «E fai ciao anche a zio Jackson.»

A Nick accelerò il battito. Lanciò un'occhiata a Jackson, che si limitò a sorridere e salutare con la mano Seth, che stava di nuovo copiando le sue azioni come uno specchio.

Quando se ne furono andati, Nick fece vagare lo sguardo verso la finestra. Pioveva ancora forte, ma lui non riusciva a sopportare il pensiero di starsene lì seduto per il resto della giornata. Poi d'improvviso ricordò che aveva un'ottima ragione per uscire.

Si alzò in piedi. «Io vado a fare il pieno alla macchina. Avevamo il serbatoio basso quando siamo arrivati.»

«Non puoi farlo domani lungo il tragitto?» chiese Jackson, aggrottando la fronte.

«Potrei, però ho voglia di uscire. E poi c'è un negozio alla stazione di servizio.» Gli scoccò un'occhiata piena di significati prima di aggiungere: «E per di più ho una gran voglia di patatine con sale e aceto. Mamma e papà non ne hanno.»

«Sul serio?» Jackson non aveva un tono convinto.

Aveva dimenticato quello che si erano detti la notte prima? «Sì. *Sul serio.*» Nick lo guardò con insistenza, inarcando le sopracciglia in una maniera ancora più piena di significati.

Finalmente sul viso di Jackson albeggiò la comprensione. «Oh. Giusto.» Gli fece un rapidissimo sorriso, che lo riempì di sollievo. «Sì, buona idea.»

Maria li guardò tutti e due in maniera strana e poi disse: «Potrei venire anch'io. Siamo quasi senza salviettine per neonati.»

«Te ne posso prendere un po' io,» si offrì Nick. L'ultima cosa di cui aveva bisogno in quella missione era la compagnia.

«No. Vengo. Mi sta venendo il nervoso a stare chiusa qui, e con un tempo così è la mia unica possibilità di uscire di casa, oggi.»

Dannazione. Non gli venne in mente nessuna buona ragione per provare a convincerla a non farlo. «Okay. Sei pronta per uscire già adesso?»

«Sì. Andiamo.»

Come diavolo avrebbe fatto a comprare il lubrificante senza che lei se ne accorgesse? Lanciò a Jackson un'occhiata intrisa di panico, e Jackson si strinse nelle spalle e disse, senza usare la voce: «Buona fortuna!»

La fortuna sembrò essere dalla sua parte, all'inizio, perché quando arrivarono alla stazione di servizio Maria andò dritta nel negozio intanto che lui faceva benzina. Incrociando le dita, avrebbe trovato quello che le serviva e terminato di pagare prima che arrivasse lui. Ma quando entrò, lei era ancora lì che studiava la corsia del cioccolato.

«Hai già trovato le salviettine per neonati?»

«No. Mi sono distratta.» Gli fece un mezzo sorriso. «Lo so che non dovrei cedere alla tentazione dopo tutto quello che ho mangiato ieri, però ho proprio voglia di un po' di cioccolata alle nocciole.»

«Approfittane. Il momento per l'autocontrollo è gennaio. La settimana fra Natale e Capodanno la considero sempre una specie di amnistia da cibo. Mangia quel cazzo che ti va di mangiare, perché tanto non conta.»

Sua sorella si mise a ridere. «Se solo fosse vero. Però sulla prima parte hai ragione. Fanculo tutto. Me ne compro un po'.» Scelse una tavoletta di quelle grandi. «Okay. Questo è tutto. Basta con gli snack. Vado a cercare le salviettine.»

«Prendi le chiavi della macchina se vuoi, così puoi aspettarmi seduta dentro.»

«No, va bene così. Non ci metterai tanto se prendi solo delle patatine. Guarda.» E indicò col dito. «Sono proprio lì dietro di te.»

Nick si voltò e in effetti erano lì. Quelle al sale e aceto che aveva detto di volere erano proprio all'altezza dei suoi occhi, e non gli fornivano la minima scusa. Ne prese un paio di sacchetti. «Potrei vedere che altri snack hanno,» disse in tono un po' vago. «Magari prendo qualcosa per il viaggio di domani.»

«Okay.» Maria si allontanò, finalmente.

Nick si infilò nella corsia degli snack, tenendo d'occhio Maria di nascosto finché non la vide andare verso le casse. Poi si precipitò nel corridoio che lei aveva appena lasciato. Le salviettine per neonati ricadevano nella categoria generale *igiene e toilette*, che era possibile includesse il lubrificante. Passò in rassegna gli scaffali, trovando fazzolettini, antidolorifici, gel disinfettante per le mani, sapone... Poi il cuore gli diede un balzo in petto per l'eccitazione quando individuò dei preservativi sul ripiano più in alto. Avevano quelli lubrificati, ma niente lubrificante vero e proprio.

«Che due palle,» borbottò, prendendone un pacchetto. Potevano essere meglio di niente in caso di emergenza, ma lui preferiva una cavalcata più fluida. Chi diavolo prendeva le decisioni su come rifornire un negozio che in teoria offriva beni essenziali? Se dei preservativi erano essenziali ma il lubrificante no, doveva per forza essere un qualche tizio etero che non aveva mai scopato un culo. Adesso avrebbe dovuto trovare qualche scusa per trascinare Maria in un supermercato. Almeno era ancora pomeriggio, ed era abbastanza presto perché fossero aperti, perfino di Santo Stefano.

Quando arrivò alle casse, Maria stava aspettando vicino alla porta, abbastanza lontana da non notare la confezione di preservativi che aveva infilato tra i due sacchetti di patatine. Se li cacciò in tasca non appena la signora alla cassa li ebbe passati allo scanner, poi tirò fuori la carte di credito per pagare.

«Ha trovato tutto quello che stava cercando?» chiese lei con tranquillo disinteresse intanto che lui digitava il PIN.

«No,» replicò Nick, ancora scocciato per il tentativo andato a vuoto. «Stavo cercando del lubrificante, ma a quanto pare non ne vendete.»

«Sì, invece. È sugli scaffali della parete di fondo.» Gliela indicò col dito.

«Oh. Giusto.» Sorpreso, Nick recuperò la carta. Sarebbe stato più utile se quella conversazione l'avessero avuta prima che lui pagasse tutto il resto. «Vado a ricontrollare. Grazie.»

«Ma di niente, tesoro.»

Pieno di sollievo perché la missione era quasi compiuta, Nick puntò verso il fondo del negozio. Appena girato l'angolo si bloccò di colpo, fissando uno scaffale pieno di lubrificanti assortiti... ma non del genere che sarebbe servito a qualcosa a lui e a Jackson. Lo Svitol poteva essere utile per parecchie cose, ma non se ne parlava proprio di metterlo anche solo nelle vicinanze del suo culo. E lo stesso valeva per l'olio da macchina.

«Ma cazzo. Così non è che mi aiuti, mondo!»

«Nick, che succede?» Si girò di colpo e trovò Maria proprio lì alle sue spalle. «Cosa stai cercando?»

Si ritrovò a bocca aperta, con le guance in fiamme, ma non gli veniva in mente neanche una spiegazione utile. «Uhm.» Deglutì. «Niente. Non importa.»

«La macchina ha qualcosa che non va?»

«No. Niente del genere. Non preoccuparti. Andiamo a casa.» Magari avrebbe potuto sgattaiolare di nuovo fuori più tardi, senza che nessuno se ne accorgesse.

«Perché ti comporti in maniera così strana?»

«Non mi sto comportando in maniera strana.» Andò via da lì, con Maria che lo tallonava.

«Sì, invece.»

Aprì la macchina e si mise al volante. Poi avviò il motore, ben consapevole che Maria lo stava guardando.

«Nick, che diavolo hai che non va oggi?»

Fanculo tutto. Se avesse confessato avrebbe potuto andare a comprare il dannato lubrificante, e poi quella notte Jackson avrebbe potuto scoparlo. Quella era una motivazione sufficiente per sopportare l'imbarazzo.

Si voltò ad affrontarla. «Stavo cercando di comprare del lubrificante, però non ne avevano. Beh... non del tipo che serviva a me, comunque. Da qui la mia frustrazione.»

«Lubrificante?» Maria lo fissò a occhi stretti.

«Sì. Lubrificante. Lubrificante personale. Lubrificante intimo... o in qualsiasi modo chiamino il tipo che non va messo nella macchina.»

«Ma pensavo che tu e Jackson steste solo facendo finta...»

«Stiamo facendo finta! Cioè, voglio dire... stavamo. Senti. Non so esattamente che cosa stiamo facendo, però ci serve del lubrificante, okay? Quindi ho intenzione di andare da Tesco. Loro saranno aperti oggi, e decisamente dovrebbero averne.»

«Okay.»

Nick mise in moto e partì. Il Tesco non era lontano, e lungo il tragitto nessuno dei due parlò. Lui parcheggiò e lasciò Maria in macchina. «Non ci metterò molto. A te serve qualcosa?»

«No. Sono a posto, grazie.» Gli fece un piccolo sorriso.

Al supermercato il lubrificante era facilissimo da trovare. Ne offrivano addirittura una gran bella varietà, ma lui lasciò perdere quelli che pizzicavano addosso o che sapevano di fragole, scegliendo qualcosa di più tradizionale. Pagò alla cassa automatica, e il flacone era abbastanza piccolo da stargli in tasca assieme ai preservativi.

Quando tornò alla macchina Maria aspettò che fossero ripartiti prima di chiedergli, un po' esitante: «Quand'è che sono cambiate le cose fra te e Jackson?»

«Ieri.»

Sua sorella rimase un attimo in silenzio. Nick strinse più forte il volante e tenne lo sguardo puntato sulla strada. La luce stava iniziando a calare e la pioggia continuava a martellare il parabrezza.

«Oh, ecco. Quindi... immagino sia troppo presto per

dire se qualunque cosa stia succedendo sia una cosa che andrà avanti.»

«Esatto.» Poteva capirlo anche solo dal tono dubbioso che cosa stesse pensando lei, e non voleva sentirglielo dire. «Ad ogni modo, ormai siamo quasi a casa, quindi potresti lasciar perdere e basta?» Aveva usato un tono nervoso e sulla difensiva, ma era esattamente così che si sentiva.

«Gesù, Nick. Non che abbia detto granché.»

«Sì, beh. Io non ne voglio parlare.»

«Va bene,» gli sbottò contro lei, ma nella voce di sua sorella c'erano anche dei sentimenti feriti.

Nick sospirò.

«Mi dispiace.» Lanciò un'occhiata di lato. Maria se ne stava tutta curva, con un'espressione infelice. «Non avevo intenzione di fare lo stronzo. È solo che so che cosa stavi per dire, e probabilmente hai ragione. Rimanere coinvolto con Jackson sarebbe da cretini. Non è niente, in realtà. Stiamo solo...» Agitò una mano per aria, in cerca delle parole giuste. «Ci stiamo divertendo un po' assieme. Non diventerà mai niente di serio, e sono abbastanza sicuro che lo sappiamo tutti e due. Quindi che danni può fare?»

«Come fai a saperlo?»

«Sapere cosa?»

«Che non diventerà mai niente di serio. Perché non potrebbe essere una cosa seria? Voi due siete già così uniti. Potrebbe essere fantastico.»

Quello non era affatto quel che si era aspettato di sentirsi dire.

«Quindi non pensi che io sia un idiota?»

«Non ho detto questo. Non lasciarti trasportare.» Emise

uno sbuffo divertito. Poi tornò di nuovo seria. «Io non penso che *rimanere coinvolto* con Jackson sia una pessima idea, ma *fare cose* con lui mi sembra pericoloso. C'è fin troppo potenziale perché la situazione si complichi, se non siete tutti e due assolutamente chiari su quello che volete. Quindi se tu pensi di stare solo divertendoti un po' con Jackson, e che farlo non cambierà niente, allora *sei* un idiota.»

Quelle parole erano talmente vere che gli si annodò lo stomaco. «E va bene, d'accordo.» Non aveva niente di buono per ribattere, perché sapeva che aveva ragione lei. Era troppo tardi, però. Le cose con Jackson si erano già messe in moto e la situazione sarebbe cambiata, che lui lo volesse o no. Quindi tanto valeva arrivare fino in fondo, pensò. «Troveremo un modo, sono sicuro.»

«Lo spero. Però, Nick, per quel che vale, penso che voi due sareste una coppia fantastica. Mi sono sempre domandata perché non stavate assieme.»

«Io non avevo mai pensato a lui in quel modo, prima,» ammise Nick. «Era solo... Jackson. Il mio amico. La persona che mi tirava su dal pavimento quando qualcun altro mi mollava o mi tradiva o mi faceva sentire di merda in qualche altro modo. Non ho neanche mai pensato che lui volesse qualcosa di più dell'amicizia. Pensi davvero che voglia?»

Maria si mise a ridere. «Nick. Il fatto che tu stia comprando del lubrificante è un'indicazione piuttosto chiara del fatto che tutti e due siete interessati a qualcosa di più dell'amicizia.»

«Ma quanto di più?» Gli girava la testa per le possibilità, luccicanti ed entusiasmanti, ma anche terrificanti. Non era sicuro se volesse afferrarle e tenercisi stretto, oppure girare i tacchi e fuggire nella direzione opposta.

«Dovrai chiederlo a Jackson.»

«Già. Credo di sì.»

E avrebbe anche dovuto fare un po' di autoanalisi.

LE PAROLE di Maria gli rimasero dentro, riecheggiando tra i suoi pensieri per il resto della giornata, ammonendolo a essere cauto, ma rimestando anche un vago e non del tutto formato senso di possibilità. Era davvero possibile che Jackson potesse volere una reale, autentica relazione con lui? E se era così, lo voleva anche lui?

Dopo cena, sul divano, Jackson gli mise un braccio attorno alle spalle in modo casuale, e Nick si appoggiò a quella solidità e a quel calore e lasciò vagare la mente, tentando di immaginare come sarebbe stata la loro vita se avessero avuto una relazione. Come sarebbe stato coabitare come una coppia, invece che come amici? Come sarebbe stato dormire con Jackson tutte le notti, e svegliarsi assieme? Come sarebbe stato stare con qualcuno di cui si fidava, qualcuno che gli voleva bene incondizionatamente, qualcuno che conosceva da cima a fondo, dentro e fuori, e con cui si sentiva totalmente al sicuro e a suo agio?

È una cosa che voglio?

A quel pensiero ebbe un balzo al cuore, se lo sentì allargarsi per tutto quel gioioso senso di *giusto*. Ma lo stesso tentò di ricacciare indietro quell'emozione. Non osava concedersi di sperare troppo, nel caso in cui Jackson non avesse provato le stesse cose. *Forse.* Quello era tutto ciò che era pronto ad ammettere.

Quando si avvicinò l'ora di andare a letto, un senso di anticipazione gli fece nascere le farfalle nello stomaco, il battito che accelerava. Sarebbero andati fino in fondo? Jackson voleva ancora farlo? E se voleva ancora farlo, lui avrebbe dovuto lasciare che accadesse?

Alla fine, incapace di reggere l'attesa, finse un enorme sbadiglio.

«Devo proprio andarmene a letto. Sono sfinito.»

«A che ora partite domani?» chiese sua madre.

«In realtà non ci abbiamo ancora pensato.» Guardò Jackson con aria interrogativa e ricevette in cambio una scrollata di spalle. «Non vogliamo tornare troppo tardi, e io preferirei guidare con la luce del giorno, quindi tarda mattinata, forse? Oppure dopo pranzo se a voi sta bene nutrirci prima che ce ne andiamo.»

«Sì, rimanete per pranzo,» disse suo padre. «Domani non sarà niente di speciale, principalmente avanzi, con tutta probabilità. Però non scappate via di corsa, a meno che non dobbiate per forza.»

«Okay, grazie.» Nick sorrise. «D'accordo. Comunque per me è ora di andare a letto. Tu vieni, dolcezza?» Diede a Jackson una pacca sulla coscia.

«Sì. Sono stanco anch'io.»

Nick non ci credeva proprio. Intanto che salivano le scale si domandò di nuovo se non dovesse tentare di parlare con Jackson prima che si impantanassero ancora di più.

Quando la porta della camera da letto si fu chiusa alle loro spalle, si voltò a fronteggiarlo, il cuore che batteva a velocità raddoppiata. Poi esitò. Avrebbe voluto controllare come stavano le cose con Jackson e chiedergli che cosa provasse, ma prima che riuscisse a tirar fuori le parole questi se lo tirò vicino e gli diede un bacio di quelli seri.

«Dio. È tutto il giorno che avevo voglia di farlo.»

Aveva un sorriso così caldo e dolce, che Nick dovette per forza ricambiare il bacio.

Fanculo i discorsi.

Baciarsi era molto più facile. Il linguaggio corporeo era puro, privo di complicazioni, se confrontato alle parole. Mentre si tenevano stretti l'uno all'altro, i loro corpi comunicavano senza parole in modi che non lasciavano posto al fraintendimento. Poteva anche non sapere che cosa volesse Jackson, o che cosa lui stesso volesse che accadesse l'indomani, o la settimana dopo, o il mese seguente. Ma era ovvio a livelli abbaglianti che cosa volessero tutti e due in quel preciso momento. Il desiderio lo travolse come un torrente in piena, spazzando via i dubbi e le incertezze, e lui smise di lottare e si abbandonò, lasciando che lo trasportasse, inesorabile.

Quando alla fine si separarono di nuovo, sorridenti e senza fiato, Jackson chiese: «Sei riuscito a comprare del lubrificante? Non ho mai trovato l'occasione per chiedertelo.» Inarcò le sopracciglia. Aveva in faccia un sorriso speranzoso. «Per favore, dimmi che lo hai preso.»

Il cuore di Nick ricominciò a battere rapido. «Sì. L'ho preso.»

Jackson sembrava aver intuito la sua ansia, perché cambiò espressione e si fece serio, guardandolo negli occhi intanto che gli chiedeva a voce bassa: «Sei sicuro di volerlo fare? Non dobbiamo per forza, se hai cambiato idea.»

Quella era la sua ultima possibilità di mettere in discussione quello che stavano facendo e scoprire che cosa ne pensasse Jackson prima di lasciare che succedesse.

Non lo voglio sapere, non ancora.

In quel momento voleva che Jackson lo scopasse più di quanto non volesse qualsiasi altra cosa, e quella poteva essere la sua unica opportunità. Se avesse confessato che ipoteticamente-forse-probabilmente provava dei sentimenti, e se Jackson *non* avesse provato le stesse cose, non c'era modo che riuscisse a farsi scopare, quella notte. Soltanto uno stronzo avrebbe usato il proprio migliore amico in quel modo, e Jackson non gli avrebbe mai fatto una cosa simile. Di conseguenza, secondo i suoi ragionamenti nutriti a ormoni, era meglio mettere in pausa quella conversazione.

«Sì,» rispose. «Sono sicuro.» Lo prese per le mani e lo condusse verso il letto.

Si spogliarono tra un bacio e l'altro, le mani che esplorarono la pelle nuda. Nella stanza l'aria era fredda, per cui si infilarono sotto le coperte, avvolti in un bozzolo di calore, premendosi l'uno contro l'altro. Sdraiato su un fianco, di fronte a Jackson, Nick riusciva a sentire contro di sé l'uccello duro dell'amico. Ci chiuse la mano attorno e lo accarezzò. «Non vedo l'ora di sentirlo dentro di me.»

«Io non vedo l'ora di mettertelo dentro.» La voce di Jackson era bassa e intima, e il sorriso sexy che gli rivolse gli fece arricciare le dita dei piedi per l'anticipazione. «Dov'è quel lubrificante, piccolo? Ti lasci preparare da me?»

Nel sentire quel vezzeggiativo una speranza selvaggia gli spumeggiò nelle vene come champagne. Non c'era nessun altro lì a sentirli, non c'era niente da dimostrare, quella parola era per lui e basta. E anche se era scivolata fuori senza che Jackson se ne rendesse conto, doveva per forza significare qualcosa.

«Sì. L'ho messo nel cassetto vicino al letto. Fammelo prendere.» Si contorse per aprire il cassetto. «Ho comprato anche dei preservativi. Lo so che non ne abbiamo davvero bisogno, però si fa meno casino usandoli.»

Jackson ridacchiò. «Ottima pensata. Le pulizie facili sono sempre un bene in casa d'altri.» Gli tolse di mano il lubrificante e lo spinse gentilmente a mettersi sdraiato sulla schiena. «Lascia fare a me.» Jackson si sistemò fra le sue gambe, tirando giù le coperte, e si mise inginocchiato sopra di lui. Sembrava enorme visto da quell'angolazione, le spalle ampie e possenti, l'uccello che puntava dritto in fuori. «Hai abbastanza caldo?»

L'aria era gelida, però sulla pelle era piacevole; gliela rendeva più sensibile e gli faceva indurire i capezzoli. «Sì, sono a posto.» Allargò le gambe e si portò una mano all'uccello, stuzzicandolo con una presa gentile intanto che guardava Jackson armeggiare con il sigillo del lubrificante.

Si stava rigirando tra le mani il flacone, tormentandolo, sempre più frustrato. «Ma porca puttana!» esclamò. «Come si fa ad aprire questo dannato coso?»

«Shhh!» lo ammonì lui, ridacchiando. «Non dobbiamo fare rumore, ricordi? Dallo a me... ecco, a posto.» Jackson se ne strizzò una dose generosa sulla punta delle dita e gliela strofinò sul buco. «Gesù! È freddo!»

«Adesso chi è che sta facendo troppo rumore?» Jackson fece un sorriso malizioso e poi gli spinse le dita dentro, facendolo boccheggiare nel sentirsi allargato così all'improvviso.

«Cazzo!»

«È okay?»

«Sì. Mi hai solo colto di sorpresa.» Si accarezzò l'uccello, e la sensazione piacevole lo aiutò ad attenuare il senso di pressione.

«Davvero? Cosa pensavi che stesse per succedere?» lo prese bonariamente in giro Jackson.

Il suo corpo si stava adattando, il disagio iniziale scomparve mentre Jackson muoveva gentilmente le dita dentro e fuori. L'eccitazione aumentò in fretta, arricciandosi dentro di lui e scaldandogli la pelle. «Un piccolo avvertimento sarebbe stato carino.»

«Scusa.» Jackson spinse le dita un po' più a fondo, curvandole proprio nel modo perfetto, e continuò a muoverle, gli occhi scuri fissi su di lui, osservando ogni sua reazione.

Nick trasse un respiro un po' tremulo, la mano che si stringeva attorno all'uccello. «Oh, Dio. Sì. Che bello.» Quel senso di urgenza che precedeva l'orgasmo si stava già accumulando. «Continua così, vai lento.»

«È troppo?»

«No.» Nick gli fece un mezzo sogghigno, con il fiato corto. «Beh... non nel senso che intendi tu. È troppo maledettamente bello.»

«Vuoi il mio cazzo, invece?» La voce di Jackson era profonda e roca, lo sguardo così intenso che Nick non riusciva a distogliere il proprio.

«Sì.»

L'attesa, mentre Jackson si infilava il preservativo, fu quasi insopportabile. Dolorante, con il bisogno disperato di sentirsi riempire di nuovo, Nick si accarezzò, intanto che lo guardava. Il cuore gli batteva così forte che riusciva a sentirselo in tutto il corpo, un pulsante battito di tamburi.

«Vuoi rimanere sulla schiena?» chiese Jackson.

La mente di Nick gli fece lampeggiare davanti per un attimo un sacco di possibilità, come dei porno con l'avanti veloce, e poi ritornò di nuovo a come erano messi in quel momento. «Sì.» Si protese verso Jackson, guidandolo giù. Se dovevano farlo solo una volta, allora doveva essere perfetta. In quel modo avrebbe potuto vederlo in faccia e guardare ogni cambio di espressione, mentre scopavano. Poteva tenerlo fra le braccia e baciarlo.

Avrebbe potuto immaginare come sarebbe stato amare Jackson ed essere amato da lui.

Ripensandoci, farlo in quella posizione era terrificante. Avrebbe significato pura, cruda vulnerabilità senza un posto dove nascondere il confuso ammasso di emozioni che gli vorticavano dentro. Ma quando Jackson si spinse dentro di lui era già troppo tardi. Nick si aggrappò all'amico con un gemito, travolto dalla marea crescente del desiderio, mentre i loro corpi cominciavano a muoversi assieme in una danza di intimità antica quanto il tempo stesso.

Trovarono un ritmo che era naturale quanto respirare, il calore che aumentava lì dove la pelle toccava la pelle. Jackson chinò il capo e gli baciò la spalla, il collo, la guancia, prima di trovare la sua bocca. Il bacio fu lungo, deliberato, e pericolosamente dolce. Nick inarcò i fianchi per andare incontro a quelle spinte decise.

Non riesco a credere che lo stiamo facendo. Quelle parole gli si ripetevano nella testa a ciclo continuo. Come avevano fatto tutti quegli anni di amicizia a condurli a quello?

Jackson iniziò a scoparlo più forte, e il letto protestò cigolando.

Nick interruppe il bacio per sussurrare: «Rallenta. A meno che tu non voglia che ci sentano.»

«Cazzo,» borbottò Jackson, il respiro caldo sulla sua guancia. «Okay. Ci proverò.» Scaricò il peso sulle braccia, mettendo un po' di spazio tra il proprio torace e il suo, e gli passò lo sguardo addosso, rovente e possessivo, facendogli nascere dentro un fremito di eccitazione. «Non riesco a crederci che lo stiamo facendo.»

A Nick venne da ridere. «Lo so. Stavo pensando esattamente la stessa cosa. Però lo stiamo facendo.» Gli strinse i muscoli attorno, per aggiungere enfasi, e a Jackson sfuggì un gemito.

«Accidenti. Sei una meraviglia.»

«Anche tu. Forza, continua a muoverti. Basta che tu lo faccia lentamente, così non ci sentirà nessuno.»

Jackson ricominciò a scoparlo, ondeggiando piano dentro di lui. Ogni spinta era più profonda di quella precedente, come se stesse cercando di arrivare sempre più dentro di lui a ogni pigra mossa dei fianchi.

«Adesso ci sono vicino,» bisbigliò Nick.

«Anch'io. Di che cosa hai bisogno?»

«Di niente. Solo questo.» Chiudendosi di nuovo una mano attorno all'uccello, Nick cominciò ad accarezzarsi. La tensione si accumulò su se stessa, aumentando al punto che non riuscì più a trattenerla. «Vengo,» boccheggiò mentre schizzava tra i loro corpi, il piacere accecante che per un attimo allentava la presa sulla realtà, e mordendosi il labbro per impedirsi di gemere.

«Oh cazzo, Nick,» mormorò Jackson. «*Cazzo.*» Si spinse

più a fondo, l'intero corpo scosso dai tremiti, e alla fine ricadde in avanti afflosciandosi nel suo abbraccio.

Rimasero lì sdraiati in silenzio, ansimando forte. Nick lo tenne stretto; non voleva che quel momento finisse, ma Jackson si stava ammorbidendo dentro di lui, e fin troppo presto iniziò a ritrarsi. «Lasciami togliere il preservativo.»

La chiazza bagnata sul suo stomaco era fredda, senza la presenza di Jackson. «Meglio che vada a ripulirmi.» Si alzò dal letto e prese dei vestiti da infilarsi. Adesso che era tutto finito stava già mettendo in dubbio quanto fosse stato saggio fare quello che avevano fatto. Terminata la connessione fisica, avvertiva acutamente la distanza emotiva. C'erano fin troppe cose lasciate non dette, e doveva per forza rendersene conto anche Jackson.

«Anch'io. Il preservativo ci avrà anche risparmiato una chiazza bagnata, ma io il tuo sperma ce l'ho ancora tutto addosso.»

«Non mi dispiace neanche un po'.» Nick riuscì a tirar fuori un sogghigno convincente.

Jackson ricambiò, ma nella sua espressione c'era una cautela che lo fece sentire ancora peggio.

Usarono il bagno assieme e si prepararono per andare a letto. Una volta tornati sotto le coperte, Nick spense la luce. Jackson era su un fianco, girato dall'altra parte. Quello significava che non voleva le coccole? «Ho freddo.» Quella gli sembrava una scusa valida. Si avvicinò, facendo aderire tutto il corpo a quello di Jackson. «Così è okay?» chiese, mettendogli un braccio attorno.

«Sì.»

«Sei un ottimo scaldaletto.»

«Grazie... credo.»

Ci fu un lungo silenzio. Nick poteva sentire il torace di Jackson che saliva e scendeva, il respiro che gradualmente rallentava. «Hai sonno?»

«Mm-mm.»

Dopo un po', Jackson cambiò posizione. «Adesso ho troppo caldo,» mormorò, allontanandosi da lui.

Nick si rigirò sull'altro fianco e abbracciò il cuscino, invece di Jackson. Un nodo di ansia gli si piazzò nello stomaco come porridge freddo, e gli ci volle un sacco di tempo per addormentarsi.

UNDICI

Jackson si svegliò di soprassalto da un sogno in cui stava guidando una bicicletta senza freni giù per una montagna, cercando disperatamente di rimanere su un sentiero strettissimo. Con il cuore che martellava, fece un respiro profondo per stabilizzarsi mentre la realtà si riassestava. Poi divenne consapevole di Nick sdraiato lì accanto e gli si annodò di nuovo lo stomaco nel ricordare che cosa avevano fatto la notte prima.

Dio...

Lasciò che i ricordi scorressero nella sua mente, con un refolo di calore, gioia ed eccitazione che gli risaliva nel petto prima di venire rapidamente spento da una secchiata di emozioni molto meno piacevoli: rammarico, auto-rimprovero e paura, tutte mescolate in una gelida marea che spazzò via le belle emozioni di prima senza lasciarne una sola traccia.

La prospettiva di tornare a casa quel giorno lo portò di colpo a realizzare quanto fosse stato stupido. Forse Nick poteva riuscire a gestire che loro due facessero sesso occasionale, o che fossero amici con benefici, o scopamici, o in qualunque altro modo lo chiamasse la gente, ma sapeva che quella cosa per lui non sarebbe andata bene. Essere amico di Nick era stato gestibile prima, a dispetto di quella sua segreta attrazione. Però adesso che sapeva cosa si stava perdendo, sarebbe stato infinitamente più difficile.

Controllò l'orologio con un sospiro, e vide che erano le sei e mezza. Rimase sdraiato un altro po', ascoltando quella voce nella sua testa che lo giudicava e gli ripeteva che razza di idiota fosse, elencando tutti i modi in cui aveva incasinato la situazione.

Non c'era verso che riuscisse a rimettersi a dormire, con tutti quei pensieri che gli vorticavano in mente.

Di una cosa era sicuro. Se voleva avere una qualche possibilità di recuperare il suo equilibrio con Nick, quella faccenda doveva finire subito. Quel giorno sarebbero tornati a casa e avrebbero trovato un modo per mettersi quella cosa alle spalle, di cancellarla come una specie di follia temporanea. Se avesse potuto fare a modo suo avrebbe dimenticato addirittura che fosse successo, ma non essendo in grado, si sarebbe assicurato che non risuccedesse mai più, dannazione.

Con quel pensiero in testa, scostò le coperte e scese dal letto con cautela, facendo meno rumore che poteva. Nick cambiò posizione, ma continuò a dormire intanto che lui tastava in giro al buio cercando di radunare i propri abiti in modo da potersi vestire in bagno. Mentre andava verso la porta però urtò il ginocchio contro lo spigolo del letto con un gran tonfo e per la fitta si lasciò sfuggire un'imprecazione.

«Jackson?» Nick si mise seduto, una sagoma indistinta nell'oscurità.

«Sì. Scusa, non volevo svegliarti.»

«Che stai facendo?»

«Mi alzo. Volevo andare a fare la doccia.»

«Che ore sono?»

«Le sei e mezza.»

«Seriamente? Perché così presto? Torna a letto per un po'.»

«No. Sono sveglio. E ormai sono alzato. Shh. Rimettiti a dormire.» Aveva già la mano sulla maniglia della porta. Doveva fuggire dalla deliziosa tentazione che era un Nick bello caldo in un letto bello comodo, perché aveva già dimostrato che non poteva fidarsi di se stesso e comportarsi bene.

«È tutto okay?» Nel tono di Nick c'era una vena di preoccupazione.

«Sì. Sì, sto bene.» Sapeva di non essere stato molto convincente, ma non era in grado di fare meglio di così.

Fuori sul pianerottolo, con la porta della stanza ben chiusa alle proprie spalle, prese un respiro profondo e lo buttò fuori piano, scuotendo la testa.

Era maledettamente lontano dallo star bene.

Però se la sarebbe fatta passare... in qualche modo.

INTANTO CHE JACKSON era sotto la doccia, Nick si alzò e cominciò a fare i bagagli. Aveva sperato in una bella dormita fino a tardi, e magari in un pompino mattutino, ma sembrava che la cosa non fosse in programma. Forse era meglio così. Probabilmente era il caso che la bocca la usassero per parlare, invece.

Quando Jackson ritornò, completamente vestito e profumato di shampoo e dentifricio, lui lo accolse con un sorriso che sentiva un po' tirato.

«Sicuro che sia tutto okay?»

«Sì. Sto bene.» Il sorriso con cui gli aveva risposto Jackson mancava del solito calore, e si era girato dall'altra parte, per mettere via le sue cose da bagno. Ma prima che Nick potesse chiedere qualcosa di più, aggiunse: «Però ho fame. Stavo pensando che potrei andare giù a fare colazione, se per te è okay.» Lo guardò rapido, confermando che era ancora svestito. «Presumo che tu prima voglia farti una doccia.»

Nick non era sicuro se gli stesse chiedendo il permesso perché quella era la casa della sua famiglia, o se gli stesse chiedendo se gli dava fastidio che andasse di sotto senza di lui.

«Sì, sicuro. Serviti pure di quello che vuoi. A mamma e papà non darà fastidio. Io finisco di fare i bagagli, poi mi farò la doccia e ti raggiungerò di sotto.»

«Okay.»

Rimasto solo, Nick si ributtò di nuovo sul materasso e rimase lì a fissare il soffitto.

Mi sta evitando?

Forse aveva davvero fame, e lui stava solo facendo il paranoico. La sua ansia per tutto quanto annebbiava la sua capacità di pensare chiaramente. Si alzò e andò avanti a fare i bagagli, muovendosi con il pilota automatico, mentre i suoi pensieri continuavano a girare in cerchio, infelicemente, senza concludere nulla.

. . .

QUANDO ARRIVÒ DI SOTTO, seguì i suoni della conversazione fino in cucina e scoprì che c'erano tutti tranne Pete, che presumibilmente era ancora a letto. Seth era nel suo seggiolone a mangiare un pezzo di pane tostato tagliato a bastoncini, gli adulti seduti attorno al tavolo. Alcuni mangiavano, altri bevevano tazze di tè o caffè.

«Giorno, Nick.» Suo padre lo aveva notato per primo, salutandolo con un sorriso e un cenno del capo.

«Buongiorno a tutti.» Nick fece scorrere gli occhi su tutti, prima di posarli su Jackson. I loro sguardi rimasero inchiodati uno nell'altro, e il suo cuore fece uno strano movimento svolazzante. Ma poi Jackson distolse gli occhi, e quell'effetto venne smorzato dalla delusione.

Cercando di distrarsi, Nick focalizzò l'attenzione su Seth, che aveva degli sbaffi marroni in faccia.

«Ehi, socio. Che cosa stai mangiando?»

«Marmite sul pane tostato.» Adrian arricciò il naso. «Non riesco a credere che a *mio* figlio possa piacere quella roba.»

«È anche figlio mio,» disse Maria. «È chiaro che i geni ama-Marmite li ha presi da me.»

«Beh, sicuramente non li ha presi da me. È una schifezza.»

Jackson ridacchiò. Sembrava di nuovo la versione normale di se stesso. «Ah, il grande dibattito sulla Marmite. Io sono con te, amico. È disgustosa.»

«Bugie. È deliziosa!» Nick si unì alla discussione, sollevato. Quello era territorio familiare, e lui ci si buttò a pesce, grato di quel senso di normalità.

«Nahhh,» disse Jackson. «Devi avere delle papille gustative scadenti.»

Si scambiarono un sogghigno, e a Nick si risollevò lo spirito. «Stronzate. Le mie papille gustative non hanno niente che non vada.»

«Nick!» esclamò sua madre. «Bada al linguaggio quando c'è in giro Seth!»

«Oh, merda. Scusate,» disse lui rivolto a Maria e Adrian, e poi si sbatté una mano sulla bocca, inorridito. «Scusate di nuovo!» Fece una smorfia. «Wow. È davvero dura non dire parolacce.»

«Non preoccuparti. Ha sentito di peggio stando seduto in automobile,» disse Adrian. «Specialmente quando guida sua madre.»

«Già.» Maria fece un sorriso rammaricato. «Devo lavorarci su. Di questo passo la sua prima parola vera e propria sarà *stronzo*.»

A quell'uscita risero tutti, Seth compreso.

UN PO' più tardi, Maria e Adrian annunciarono che sarebbero andati fuori a fare una passeggiata. «Qualcuno ha voglia di unirsi a noi?»

Era una giornata asciutta, e il sole aveva appena fatto capolino attraverso le nubi. Nick non si sentiva molto energico, ma considerato che sarebbe rimasto seduto in macchina tutto il pomeriggio, probabilmente sarebbe stato piacevole uscire per un po'. «Sì, io vengo.»

«Anche io,» disse Jackson.

«Sì, vengo anch'io,» disse sua madre. «Ho bisogno di un po' d'aria fresca. Reg, tu che fai?»

«No, io resto. C'è una cosa a cui devo lavorare, stamattina.»

«Non può aspettare? Adesso fuori è stupendo.»

«No. Voglio finirla.»

«Oh. Okay.» Sua madre aggrottò la fronte, ma non gli fece pressioni.

C'era del fango, dopo tutta quella pioggia, ma l'aria limpida e frizzante e il profumo di foglie bagnate e terra gli risvegliarono i sensi, e Nick sentì lo spirito risollevarsi.

Adrian e Maria fecero strada. Si tenevano per mano, e Seth era sulla schiena di Adrian, in un marsupio. Vedere loro tre riaprì un vecchio, familiare struggimento nel cuore di Nick. Durante quella sua sfilza di appuntamenti disastrosi aveva continuato a sperare di aver finalmente incontrato l'uomo giusto. Qualcuno con cui poter condividere la sua vita, qualcuno con cui invecchiare, qualcuno con cui avere una famiglia. Ma alla fine si era arreso. Essere single sembrava un'opzione molto migliore che dare via pezzi della sua anima a ogni relazione fallita.

Lanciò uno sguardo a Jackson, che camminava accanto a lui, gli occhi fissi sul sentiero fangoso. Forse aveva avuto l'uomo giusto sotto il naso per tutto il tempo, ed era stato troppo cieco per riconoscerlo. Adesso che aveva spezzato quella sua tendenza compulsiva a uscire con degli stronzi, riusciva a immaginarsi di avere una relazione con Jackson. Se anche Jackson lo avesse desiderato, allora lui credeva davvero che potesse funzionare. Ma Jackson era stato così distante quel mattino, che non sembrava plausibile fossero sulla stessa lunghezza d'onda.

Urtò una radice con il piede e scivolò, inclinandosi di

lato e aggrappandosi a Jackson mentre agitava le braccia nel tentativo di restare in piedi.

«Ehi, ehi, stai attento!» disse Jackson, chiudendogli di scatto un braccio attorno per tenerlo dritto.

«Scusa.» Nick arrossì. «Non stavo guardando dove andavo.»

«C'è mancato poco,» disse sua madre, da dietro. «Pensavo che saresti finito giù di schiena nel fango! Bella presa, Jackson.»

«Già. Grazie,» sorrise Nick.

«Di niente.» Jackson ritrasse il braccio, le labbra che si curvavano nella debole eco di un sorriso.

Nick avvertì la perdita di quel contatto come un colpo fisico. Gli formicolava il palmo per la voglia di prenderlo per mano, ma aveva paura di correre quel rischio. Non sapeva quali fossero i confini adesso, e temeva di oltrepassare inavvertitamente un qualche limite invisibile che non riusciva a percepire. Se solo avessero avuto la possibilità di parlare, quella mattina. Aveva una gran voglia di sapere cosa stesse succedendo nella testa di Jackson.

Distratto, scivolò di nuovo su una chiazza di foglie, il piede che perdeva aderenza.

Questa volta Jackson lo afferrò per il braccio. «Accidenti, ma cosa ti succede? Sei un ballerino, dovresti essere coordinato, in teoria.» Era un tono di bonaria prese in giro.

«Abbiamo tutti le nostre giornate no,» replicò lui. «E forse è anche un segno che mi servono degli scarponi nuovi. Questi devono avere la suola consumata.» Tentò di recuperare il braccio, ma Jackson continuò a tenerlo stretto.

«Che fortuna che tu abbia me a tenerti in piedi, allora.» Lo prese per mano, e continuarono a camminare.

«Già. Grazie,» disse Nick, stringendogli la mano.

Jackson gli fece un rapido sorriso. Nick si sentiva vorticare nel petto delle emozioni agrodolci, ma fece del suo meglio per ricambiarlo e nascondere quel tumulto interiore.

QUANDO RIENTRARONO A CASA, Pete era in cucina a mangiare una ciotola di cereali.

«Ciao,» li salutò. «Mi sono chiesto dove eravate finiti tutti quanti. Pensavo che vi avessero rapiti gli alieni o roba del genere.»

«Tuo padre è in casa,» disse sua madre. «È occupato con qualcosa nel suo studio.»

«Chi è che ha voglia di tè o di caffè?» chiese Maria intanto che riempiva il bollitore.

«Buona idea. Tè, per favore.» A sua madre si illuminarono gli occhi. «Ooh, mi sono appena ricordata che c'è una bellissima scatola di biscotti che non abbiamo ancora iniziato. Vado a prenderla.»

Dopo aver preparato una brocca di tè e una di caffè, si sedettero attorno al tavolo della cucina, mangiando i biscotti. Nick era a metà della sua seconda tazza di tè quando li raggiunse suo padre.

«Se ti va del tè, ce n'è un po' nel bricco, amore,» disse la madre di Nick.

«Grazie. E per quanto riguarda i biscotti, me ne avete lasciati?»

«Ti conviene sbrigarti,» replicò Maria. «Mi sa che li abbiamo quasi finiti.»

«Caspita, è proprio vero!» Stava sbirciando nella latta. «Mi ero scordato quanto in fretta può sparire una scatola di biscotti con tutta la famiglia a casa... tutta la famiglia più qualche nuova aggiunta, dovrei dire.» Fece un sorriso ad Adrian, e poi a Jackson.

Nick ebbe una fitta improvvisa di senso di colpa. Ora che aveva sanato la spaccatura con suo padre gli sembrava sbagliato averli ingannati riguardo alla natura dei suoi rapporti con Jackson. Adesso era troppo tardi, però. Ad un certo punto, prima o poi avrebbe dovuto inventarsi nuove bugie per spiegare che si erano separati, o che la loro relazione si era dissolta. Era un pensiero deprimente.

Mentre suo padre si allungava per raggiungere i biscotti, lui vide che aveva in faccia qualcosa, uno sbaffo verde. «Papà, hai della pittura in faccia.» La indicò col dito.

«Davvero?» Si tirò indietro, strofinando lo sbaffo con la mano libera senza nessun risultato. «Oh beh, è un rischio professionale. La toglierò più tardi. Sono venuto solo a prendere una tazza di tè e un biscotto o due. Voglio dipingere un altro po' prima di pranzo.» E con quelle parole prese il suo tè e andò via di nuovo.

«Che cosa sta combinando?» chiese Maria. «Sembra che sia in missione, oggi.»

«Non ne ho idea.» La loro madre si strinse nelle spalle e poi si voltò verso di lui per chiedere: «A che ora volete pranzare? So che tu e Jackson non volevate partire troppo tardi.»

Nick lanciò uno sguardo all'orologio della cucina. Era quasi mezzogiorno. «Più o meno fra un'ora? Vorrei partire per l'una e mezza circa. Però non serve che tu faccia chissà cosa. Non ho molta fame, dopo tutti questi biscotti.»

«Beh, c'è una quantità di pane e formaggio per i sandwich, e gli avanzi del tacchino, ovviamente.»

«Mi sembra perfetto.»

. . .

IL PRANZO FINÌ UN PO' più tardi del previsto, ma per le due in punto lui e Jackson avevano caricato i bagagli in macchina ed erano pronti a salutare tutti. La famiglia si stava radunando nell'ingresso per salutarli, Seth era in braccio a Maria, fresco di pisolino e con l'aria ancora un po' insonnolita.

«Pensi che vorrà venire in braccio a me per una coccola?» domandò lui.

«Mettilo alla prova. Che ne dici, Sethie? Hai voglia di un bacio e un abbraccio dallo zio Nick?»

Nick tese le braccia e venne ricompensato da un adorabile sorriso e un versetto felice, per cui Maria gli passò il bimbo e lui gli diede un bacio sulla guancia. «Arrivederci, socio. Di' a mamma e a papà di venire a trovarci presto.» Fece un sorriso a Maria. «Lo sai che siete sempre i benvenuti da noi.»

«Grazie. Forse vi prenderemo in parola.»

«Ma certo. Dovete avere una stanza libera nell'appartamento, adesso,» disse la madre di Nick, lo sguardo che si illuminava. «Mi piacerebbe tanto venire a Londra una volta o l'altra e restare a dormire... se a voi non dà fastidio dovermi sopportare.»

Nick non poteva certo rifiutare. «Uhm, sì. Naturale.» Scoccò a Jackson un'occhiata ansiosa.

«Assolutamente.» Il tono era di indifferenza, ma Nick lo conosceva abbastanza bene da individuare la tensione nel modo in cui stava stringendo la mascella.

Nick aveva sempre detestato il disagio imbarazzato dei saluti, e questa volta era perfino peggio del solito. Ansioso di partire, restituì Seth a Maria e le diede un bacio e un abbraccio, poi si spostò per abbracciare Adrian e poi Pete, mentre Jackson lo seguiva lungo tutta la fila.

«Dov'è papà?» chiese a sua madre aggrottando la fronte. «Lo sa che siamo partendo, vero?»

«Sì,» lo rassicurò lei. «Reg!» chiamò alzando la voce. «Vuoi sbrigarti?»

«Arrivo!» La voce di suo padre uscì dalla porta dello studio, che si era appena aperta. «Mi dispiace di avervi trattenuti, dovevo solo assicurarmi che questo si fosse asciugato abbastanza. Penso che sia a posto, però forse sarà meglio sistemarlo dove non può toccare nient'altro, giusto per prudenza.» Era emerso dallo studio trasportando una tela. «Volevo darti questo,» disse a Nick, porgendogli il dipinto dell'Albero Dei Pirati.

Lui lo studiò con un groppo in gola. La sagoma così familiare del tronco e dei rami, incisa con tanta precisione nella sua mente, era delineata alla perfezione, le ricche sfumature verdi delle foglie e l'azzurro del cielo gli facevano tornare in mente innumerevoli giorni d'estate passati a giocare nei boschi. Tre bambini con i capelli in varie sfumature di rosso e castano sedevano sulla piattaforma, con una bandiera pirata nera e bianca appesa ancora più in alto.

Con la voce piena d'ammirazione, Pete spezzò il silenzio. «Wow, è proprio fico, papà!».

Nick deglutì a fatica. «Già.» Poi riuscì a gracchiare un: «Sì, è fantastico. Grazie, papà.»

«Sei sicuro?» Suo padre si passò una mano tra i capelli grigi che iniziavano a diradarsi. «Non mi sentirei offeso se non aveste posto nell'appartamento. Però ho pensato che forse...»

«Lo adoro,» disse Nick con decisione. Prese il dipinto, lo passò a Jackson, e poi si girò verso suo padre e lo tirò in un abbraccio feroce. «Lo adoro sul serio. Grazie.»

«Non c'è di che,» mormorò suo padre con la sua spalla. Lo tenne stretto per un attimo, e quando si tirò indietro suo padre aveva gli occhi luminosi in maniera sospetta.

Jackson strinse la mano a suo padre mentre lui abbracciava sua madre. «Grazie dell'ospitalità, mamma, e grazie di avermi persuaso a venire.»

«Grazie di essere venuto.» Lo strinse forte e gli diede un bacio sulla guancia, prima di lasciarlo andare. «È stato stupendo vederti. Vedervi tutti e due.» Fece un sorriso a Jackson e aprì le braccia per stringere anche lui.

«Grazie, Sue,» replicò Jackson.

Dopodiché, lei si rivolse di nuovo a Nick. «Non aspettare così tanto per la prossima volta. Torna presto.»

«Garantito.» Voleva che i suoi genitori facessero di nuovo parte della sua vita, perciò si ripromise che sarebbe tornato; con o senza Jackson.

Tutta la famiglia uscì per salutarli agitando la mano, e Nick continuò a guardarli nello specchietto retrovisore agitando la propria fuori dal finestrino finché non furono ormai fuori vista.

«Beh,» disse poi con un sospiro di sollievo, «è andata maledettamente meglio di quello che mi aspettavo.»

«Sì. Tu e tuo padre sembrate andare d'accordo, adesso.»

«Mamma aveva ragione. È davvero cambiato.»

«Sono contento che tu gli abbia dato una possibilità,» disse Jackson.

«Sono contento anch'io. Probabilmente non lo avrei fatto senza te a spingermi, quindi grazie.»

«Non c'è di che.»

Nick gli gettò uno sguardo. «E grazie di nuovo di essere venuto con me.»

«Non c'è di che,» ripeté Jackson. Senza incontrare il suo sguardo.

C'erano così tante altre cose che Nick avrebbe voluto dire, ma non sapeva da dove cominciare, e aveva troppa paura di provarci, nel caso combinasse un casino. E comunque quello tendenzialmente non era il migliore dei momenti. Cominciare una conversazione seria in macchina era pericoloso, perché se fosse andata male non avrebbe saputo dove fuggire.

JACKSON AVEVA la sensazione che qualcosa gli stesse scivolando via man mano che la macchina di Nick divorava i chilometri, portandoli sempre più vicini a casa.

Casa.

Come sarebbe stato essere di nuovo là? Sarebbero riusciti a lasciarsi alle spalle il senso di stranezza e ritornare alla normalità?

Nick guidava con lo sguardo fisso davanti a sé, puntato sulla strada. Aveva messo su una playlist di musica da guida e teneva le mani strette sul volante, battendo il ritmo con i pollici. La tensione nell'auto era dolorosamente palese, ma nessuno dei due sembrava pronto a schiarire l'atmosfera.

Jackson sentiva un dolore nel petto e un fastidioso, nervoso disagio nello stomaco. Avrebbe voluto poter andare in palestra e scacciarli sforzando il proprio corpo finché i muscoli non gli avessero fatto più male del cuore. Ma per come stavano le cose era bloccato lì, dentro una macchina, per tre ore assieme a Nick, la fonte di quel suo disagio. La cosa lo stava facendo sentire un po' fuori di testa. Una volta arrivato a casa almeno avrebbe potuto uscire per una corsa. Forse quello avrebbe bruciato via un po' di quell'insopportabile senso di struggimento e frustrazione.

Sono un fottutissimo idiota.

Maledicendosi ancora una volta per essersi ficcato in quel casino, tirò fuori telefono e auricolari. «Mi metto ad ascoltare un podcast per un po'.»

«Okay.»

Ne scelse uno di quelli sulla salute che si era messo a seguire e si appoggiò allo schienale. Fu una benvenuta distrazione, e la sua ansia pian piano diminuì man mano che ascoltava l'intervista e guardava il mondo scorrere fuori dal finestrino. Dopo circa mezz'ora cominciò a sentire le palpebre pesanti, per cui chiuse gli occhi e lasciò vagare la mente fino ad assopirsi. Dormì a sprazzi, richiamato alla coscienza da ogni piccolo suono quando Nick si muoveva, e da ogni *click-click-click* della freccia quando cambiava strada.

A un certo punto sentì la voce di Nick che chiedeva piano: «Jackson. Stai dormendo?»

Aveva davvero dormito sino al momento in cui si era sentito fare quella domanda, ma non era dell'umore per fare conversazione, quindi gli sembrò più facile non rispondere. Gli occhi chiusi e l'immobilità avrebbero risposto per lui.

DODICI

Quando arrivarono a casa, Jackson andò dritto in camera sua a disfare i bagagli. Sentiva la TV nel soggiorno, per cui sapeva che Nick doveva essere là. Non poteva evitarlo per sempre, ma quell'ansia e irrequietezza di prima erano ritornate a tutta forza, quindi si mise l'abbigliamento da corsa. Magari un po' di esercizio lo avrebbe aiutato a tranquillizzarsi e a gestire meglio tutto quanto.

«Oh, ehi,» disse Nick non appena lui emerse dalla propria stanza. «Stavo per chiederti se ti va un tè o un caffè, ma mi sa di no.»

«Nah. Grazie, però.»

«Vai in palestra?»

«No, esco solo a correre.»

«Okay, divertiti.»

«Grazie.»

Fuori era buio, ma il percorso che scelse era ben illuminato. Rimase sulle strade secondarie, in modo da non dover schivare troppi pedoni, e quando arrivò al parco iniziò a fare dei giri del perimetro fino a essere esausto nel corpo e più calmo nella mente.

«Ci hai messo dei secoli,» commentò Nick sollevando lo sguardo dalla TV quando lui entrò a casa.

«Avevo voglia di una bella corsa lunga, dopo aver fatto una pausa per Natale.»

«Comprensibile.» Nick gli passò lo sguardo addosso in un modo che gli fece tornare in mente come fosse stato essere nudo assieme a lui. «Stavo pensando di prendere qualcosa da asporto, stasera. In casa non avremo cibo decente finché non andremo a fare la spesa. Che te ne pare?»

«Sì, mi sembra una buona idea.»

«Cosa ti andrebbe? Io stavo pensando a cinese o thai.»

«Direi thai, come prima scelta.»

«Perfetto. Posso ordinare intanto che fai la doccia. Sto morendo di fame. Tu vuoi il solito?»

«Sì, grazie.» Non era particolarmente affamato; forse era stata la corsa a smorzargli l'appetito, ma decisamente non voleva far aspettare Nick.

MANGIARONO DAVANTI ALLA TV, cosa di cui Jackson fu ben grato. Sedersi a tavola avrebbe significato dover fare conversazione, ma lui non sapeva più come parlare con Nick. Aveva lo stomaco annodato per il nervosismo e i palmi sudati come un ragazzino al primo appuntamento, ed era una cosa ridicola, perché era un uomo adulto che stava passando del tempo con il suo migliore amico. Non avrebbe dovuto essere così difficile.

Era una creatura abitudinaria, e ordinava sempre

gamberi al curry rosso e riso al latte di cocco. Il cibo thailandese era il suo preferito in assoluto, e di solito mangiava fino all'ultimo boccone, però quella sera fece fuori tutti i gamberi ma lasciò sul piatto una quantità di riso e di salsa.

«Tutto lì quello che mangi?» domandò Nick sorpreso, quando lui appoggiò il piatto sul tavolino.

«Sì.»

«Caspita. Non è da te. Sei ammalato o cosa?»

«Nah. Sto bene. Sono solo pieno.» Diede qualche pacca al proprio infelice stomaco. Non aveva mai realizzato che essere ammalati d'amore fosse una realtà di fatto, ma quella mancanza di appetito sembrava dimostrare che poteva succedere sul serio.

Neanche Nick aveva finito il cibo, ma quello non era insolito. Tendeva a mangiare meno di lui, per cui spesso teneva da parte gli avanzi per il giorno dopo, quando prendevano da asporto.

Jackson gli gettò un'occhiata e scoprì che Nick lo stava ancora guardando. Aveva un piccolo solco tra le sopracciglia e le guance arrossate.

Nick si schiarì la gola. «Senti. Uhm. Pensi che dovremmo parlare di... di quel che è successo a Natale?» L'espressione nervosa non gli dava nessun indizio utile. Avrebbe potuto significare qualsiasi cosa, da *È stato tutto un enorme errore e adesso mi sento davvero a disagio*, a *Provo qualcosa per te e sto andando fuori di testa.*

Ma Nick non voleva una relazione. Diavolo, gli aveva raccontato abbastanza del counseling perché lui sapesse che sostanzialmente aveva passato gli ultimi due anni in convalescenza e che stava volutamente scegliendo di rimanere single. Quindi, anche se per chissà quale miracolo *avesse provato* qualcosa per lui, con tutta probabilità non ne era felice, e avrebbe fatto del proprio meglio per opporre resistenza.

Come avrebbe potuto essere d'aiuto parlarne? Non voleva ascoltare Nick che gli faceva un sentito discorso per respingerlo con gentilezza. Non aveva mai avuto aspettative, tanto per cominciare, quindi non c'era nulla da dire.

«Nah.» Tentò disperatamente di mantenere un tono di voce leggero e disinvolto. «Non c'è bisogno di analizzare la cosa. Ci siamo solo divertiti un po', giusto?»

«Sì?» Nick sembrava dubbioso. «Sei sicuro?»

«Sì. Non c'è niente di cui parlare. Mettiamolo nel comparto esperienze fatte e torniamo alla normalità. Non voglio che le cose diventino strane.»

«No. No. Neanche io.» Il rossore sulle guance di Nick faceva a pugni con il rosso dei capelli. «Quindi sì, va benissimo. Se è quello che vuoi, scordiamoci tutto e andiamo avanti. Senza parlarne mai più.» Quando mimò il gesto di chiudersi la lampo sulle labbra, il ghigno che fece fu una pallida ombra della solita vivacità.

«Penso che sia meglio così.» A quel punto Jackson poteva cominciare a raccogliere i brandelli del suo orgoglio e fingere di non avere il cuore spaccato in due. Si sarebbe ricucito, alla fine.

«D'accordo, perfetto.»

Ci fu una scomodissima pausa, con la televisione che ciarlava in sottofondo.

«Allora, cosa vuoi fare stasera?» La voce di Nick era artificialmente allegra, con delle sfumature troppo affilate e fragili per essere convincente. «Ti va di noleggiare un film o di guardare qualcosa su Netflix?»

«No.» Jackson aveva disperatamente bisogno di un po' di spazio lontano da Nick, quella sera. «Sono parecchio stanco. Penso che andrò a letto a leggere e mi metterò a dormire presto.» Voleva restare da solo per leccarsi le ferite ed elaborare tutto quello che era successo. Prima finiva di sentirsi infelice e arrabbiato con se stesso, e prima le cose sarebbero tornate alla normalità.

SDRAIATO A LETTO, quella sera, Nick si sentiva dentro uno strano vuoto. Dopo che Jackson era scomparso in camera, lui era rimasto alzato fino a tardi a guardare due film uno dietro l'altro, rifiutandosi di stare lì a rimuginare e sentirsi miserevole. Considerato che si era messo a letto a mezzanotte passata, aveva sperato di non avere problemi ad addormentarsi.

Ma la pacifica solitudine della sua stanza e la comoda distesa del suo letto matrimoniale gli davano un senso di solitudine quella notte. Abbracciò il cuscino tenendoselo stretto al petto e fissò il buio, completamente sveglio, domandandosi se anche Jackson avesse perso il sonno.

Si rigirò sulla schiena con un sospiro.

Come avevano fatto le cose a cambiare tanto in fretta? Solo pochi giorni prima non si sarebbe neanche mai immaginato di fare sesso con Jackson, figurarsi avere una relazione con lui. Adesso erano le uniche cose a cui riusciva a pensare.

Jackson però aveva reso la propria posizione assolutamente cristallina.

Ci siamo solo divertiti un po'.

Tornare alla normalità.

Quelle parole gli avevano fatto male, ma almeno adesso sapeva come stavano le cose.

Il rumore della porta di Jackson che si apriva gli fece drizzare le orecchie. Rimase immobile ad ascoltare l'amico che andava in bagno.

Avrebbe dovuto cercare di fargli pressioni per avviare quella conversazione che Jackson si era tanto sforzato di evitare? Lo disturbava non essere stato sincero con lui. Forse era una cosa egoista, ma non voleva che pensasse che quello che era accaduto non significasse nulla per lui, e non credeva neanche che Jackson stesso ne fosse rimasto intoccato. Anche se non voleva portare oltre le cose, non poteva essersi del tutto immaginato quella connessione tra di loro. Era più che fisica. E come avrebbe potuto non esserlo, visto che erano già migliori amici da molto tempo prima di baciarsi?

Lui amava Jackson. Quella non era né una novità né uno shock. Aveva amato Jackson per anni con un tranquillo, reciproco, platonico amore che era solido, sicuro e senza pericoli.

Ma questa era una cosa diversa.

Il suo battito iniziò ad accelerare mentre permetteva a quel nuovo sentimento di dipanarsi nel suo petto, elettrizzante e terrificante assieme, dispiegandosi sempre di più, impossibile da contenere.

Sono innamorato di lui.

«Cazzo!» Pronunciò quella parola ad alta voce, la tensione che si scaricava all'esterno mentre lui smetteva di combattere contro la verità. «Cazzo, cazzo, cazzo. Che cosa cazzo faccio adesso?»

Arrivò lo scroscio dello sciacquone, seguito dal rumore della porta del bagno che si apriva e dal suono a malapena avvertibile dei piedi sulla moquette mentre Jackson passava senza far rumore davanti alla sua porta.

Agendo per puro e semplice istinto, Nick schizzò fuori dal letto senza fermarsi a pensare. Sapeva già cosa doveva fare, mentre si precipitava verso la porta di Jackson. Prima di potersi autoconvincere a non farlo bussò e rimase lì ad aspettare, con il cuore che martellava.

Da dentro arrivò la voce di Jackson. «Sì?»

«Posso entrare?» Avrebbe voluto essersi fermato almeno quanto bastava per infilarsi qualcosa. Il riscaldamento era spento per la notte, e con boxer e maglietta stava gelando.

«Sì.»

«Ciao.» Nick aprì la porta e sgattaiolò dentro, facendosi strada con cautela nel buio finché non arrivò ai piedi del letto. «Va bene se mi siedo?»

«Sicuro. Che succede?»

«Voglio parlare con te.»

Ci fu silenzio.

«Non può aspettare fino a domattina?» chiese Jackson alla fine.

«No. Non può.»

Ci fu un sospiro. «Okay.» Il letto cigolò per il peso di Jackson che si spostava. Accese la lampada sul comodino e rimasero lì a guardarsi sbattendo le palpebre per l'improvviso bagliore, Jackson con la schiena contro la testiera e lui seduto ai piedi del letto.

Osservò il viso dell'amico, con il cuore che gli dava un doloroso balzo nel petto. Era così intimamente familiare, eppure adesso tra di loro c'era una distanza che lo spaventava. Era ironico, in realtà, che l'intimità fisica potesse causare una spaccatura emotiva. Si supponeva che le cose avrebbero dovuto funzionare in modo inverso, no?

È per questo che devo essere sincero.

Con un improvviso lampo di chiarezza, si rese conto che qualunque cosa fosse accaduta come risultato di quella conversazione avrebbe potuto soltanto migliorare le cose. Nascondere a Jackson i suoi sentimenti avrebbe soltanto piantato ancora più a fondo il cuneo nella spaccatura. Rivelando quello che provava, anche se poi Jackson non avesse voluto stare con lui, almeno tutte le carte sarebbero state allo scoperto. Lui avrebbe potuto trovare un modo per superare la cosa, e poi avrebbero potuto concentrarsi sul ricostruire assieme la loro amicizia.

«Penso di essermi accidentalmente innamorato di te,» sbottò, con una tale fretta ansiosa che le parole inciamparono una sull'altra.

«Tu... cosa?» Jackson aggrottò la fronte. «Rallenta. Io non...»

«Ti amo. Non solo come un amico.» Voleva essere certo che Jackson non potesse fraintenderlo. In quel momento si stava giocando il tutto per tutto, e aveva bisogno che Jackson capisse esattamente che cosa gli stava dicendo. «Ti ho sempre voluto bene, ma adesso sono *innamorato* di te. Lo so che probabilmente tu non provi la stessa cosa, e va bene così.» Non andava bene. Non andava bene per niente. Ma ce l'avrebbe fatta. «Però devo dirtelo perché è importante. E anche perché non mi piace avere dei segreti con te.»

Si interruppe e rimase ad aspettare, studiando il viso di Jackson in cerca di una reazione. Questi lo stava fissando con gli occhi sgranati, sbalordito. Aveva l'aria di essersi preso una scossa elettrica.

«Okay. Io ho finito. È tutto qui,» disse, stringendosi nelle spalle. «In teoria dovresti parlare tu, adesso.»

«Uhm. Sì. Cazzo.» Jackson chiuse gli occhi e scosse la testa, come per schiarirsi le idee «Scusa.» Poi ricominciò a fissarlo. «Sono sveglio? Perché se non sono sveglio è un sogno davvero vivido.»

«Sì. Sei sveglio.» Frustrato, si allungò verso Jackson e gli mollò una pacca sulla gamba.

«Ahi.»

«Vedi. Non è un sogno.» Gli mollò un'altra pacca, giusto per chiarire il punto.

«Okay, okay! Smettila di colpirmi.» Jackson gli afferrò il polso e lo tenne stretto. Poi si mise a studiarlo come se lo stesse vedendo per la prima volta. «Sei sicuro?»

«Sì. Sono sicuro.»

«Da quando?»

Nick non aveva pianificato quella conversazione, ma se lo avesse fatto, non era così che si sarebbe aspettato che andasse. Di sicuro, quando dichiaravi il tuo amore a qualcuno non era previsto che la cosa si trasformasse in un'inquisizione.

«Da Natale.»

Jackson aveva un'espressione stranamente tesa. «Intendi dire da quando abbiamo scopato?»

«Beh, tecnicamente sì... però non si tratta solo del sesso. Penso che forse la cosa si stesse accumulando da molto tempo, ma non me ne ero mai reso conto prima.»

Finalmente un piccolo sorriso sollevò gli angoli della

bocca di Jackson. «Sì?» Poi allentò quella stretta mortale sul suo polso.

«Sì,» disse lui di slancio, prendendogli la mano. «Ti volevo già bene come amico. È solo che non avevo mai immaginato niente di diverso tra di noi, e poi... c'è stato il Natale.» Agitò per aria la mano libera. «E *bam*! All'improvviso c'era tutta questa chimica sessuale, e mi sono chiesto come mai non lo stessimo facendo tipo da sempre. È solo che mi sembra che dovremmo stare assieme. Come fidanzati *per davvero*, non per finta.» Il sorriso di Jackson era più ampio e più sicuro, adesso, e nel suo petto la speranza cominciò a gonfiarsi come un palloncino. «Quindi?» Inarcò le sopracciglia. «Per caso non mi hai detto davvero che cosa provi, su questa faccenda?»

Il mondo intero sembrò fermarsi per un attimo, intanto che si guardavano negli occhi.

Nick aspettò. Riusciva a malapena a respirare. Aumentò la stretta sulla mano di Jackson, cercando di fargli dire quello che lui aveva un disperato bisogno di sentire.

Quando le parole arrivarono erano morbide, lente, e assolutamente deliberate. «Ti amo anch'io.»

L'ondata di gioia e sollievo gli diede quasi le vertigini. «Oh cazzo, grazie.» Si mise la mano libera sul cuore, come per rassicurarlo sul fatto che fosse sano e salvo. «Sono così contento di non essere l'unico. E mi sto anche congelando, porca miseria. Posso infilarmi a letto con te?»

Jackson fece un mezzo sogghigno. «Credo che sarebbe scortese dire di no, a questo punto.»

Si misero a ridere entrambi intanto che lui si ficcava sotto il piumone.

«Vieni qui.» Jackson gli posò una mano sulla guancia.

Si baciarono, un dolce e leggero sfiorarsi di labbra, poi Nick si raggomitolò ancor più vicino, lasciandosi avvolgere dal calore di Jackson. «Mmm. Così è perfetto.» Gli agganciò una gamba sul fianco e lo baciò di nuovo, un bacio più lungo e più profondo, sentendo l'eccitazione che cominciava a nascere e diffondersi. Ma poi gli venne in mente una cosa, un pezzo del puzzle che ancora non si era sistemato al suo posto, e lui voleva sapere come si incastrasse con gli altri. «Ehi. Quindi, da quando tu sei innamorato di me?»

Jackson esitò, prima di rispondere. «Un po'.»

«Quanto è lungo *un po'*?»

«Non lo so. Come hai detto tu, mi è tipo strisciato addosso un po' alla volta. Però, guardando indietro... almeno qualche mese, forse di più. Forse molto di più. A essere onesto, avevo una fissa per te quando ci siamo conosciuti, e poi si è riaccesa quando ho rotto con Tomas e abbiamo cominciato ad abitare assieme. Non mi sono concesso di chiamarlo amore però. Sapevo solo che avevo una strana cotta per te e che mi stava incasinando la testa.»

Nick aggrottò la fronte. «Ma perché non hai detto niente?» L'idea di mantenere tanto a lungo un segreto come quello era inimmaginabile per lui.

«Perché non pensavo che ci fosse una sola possibilità che tu provassi le stesse cose. E anche se le avessi provate, sapevo che non volevi avere una relazione. Mi avevi raccontato abbastanza delle tue sessioni di counseling perché sapessi che quello non era fattibile. Quindi che senso aveva dirtelo?»

«Già, suppongo.»

«Visto che siamo in argomento.» Jackson si tirò un po'

indietro e gli scoccò un'occhiata inquisitiva. «Sei sicuro di quello che provi?»

«Sì.»

«Nel senso, davvero sicuro? Non sei solo infatuato, o innamorato dell'*idea* di essere innamorato, come con tutti quegli altri tizi?»

In quel momento Nick quasi rimpianse di essersi confidato così tanto riguardo al lavoro che stava facendo con la sua counselor. Non avrebbe mai immaginato che la cosa gli si sarebbe ritorta contro.

«Ne sono sicuro. Questo è completamente diverso. Io ti *conosco*, Jackson. Ti conosco da cima a fondo, dentro e fuori, i lati buoni e quelli non tanto buoni. So che lasci sempre degli schizzi di dentifricio sul lato del lavandino, e delle briciole di pane sul bancone della cucina, però ti incazzi comunque con me se una volta ogni tanto non svuoto la pattumiera. So che puoi essere un maledetto stronzo dopo una giornata lunga al lavoro, e che sei stranamente possessivo riguardo al telecomando.»

«Tutto vero. Però non sono sicuro che questo aiuti granché a convincermi dei tuoi sentimenti. Dico giusto per dire.» Jackson sogghignò.

Nick sostenne il suo sguardo e andò avanti. «So che sei l'amico più leale che un uomo possa avere. So che riesci sempre a trovare il tempo per ascoltarmi quando ne ho bisogno, e mi porti tazze di tè e sandwich quando sono inchiodato alla scrivania per colpa di una scadenza. So che piangi tutte le volte che guardi *Il re leone*. E so che hai un enorme cuore.»

Le labbra di Jackson sussultarono. «Per un attimo ho pensato stessi per dire un'altra cosa.»

Nick si mise a ridere. «Sì, beh. È parecchio grosso anche quello, però non è per quello che ti amo. È solo un bonus.»

«Penso scoprirai che è un *durus*.»

«Sul serio?» Nick allungò la mano per controllare. «No che non lo è. Bugiardo.»

«Lo sarà fra un minuto se continui a toccarmi.»

«Fantastico. Abbiamo finito di parlare per adesso?»

«Sì. Penso di sì.»

«Fico. In questo caso,» cominciò a strisciare per spostarsi verso il fondo del letto, «mi piacerebbe usare la bocca per qualcos'altro.» Gli tirò giù l'intimo e glielo sfilò. «Sdraiati sulla schiena.»

Poi gli si sistemò fra le cosce e gli sfregò il naso contro le palle, inspirando quel profumo virile mentre il cazzo di Jackson si induriva contro la sua guancia. Quando finalmente lo prese in bocca, Jackson emise un gemito, e gli affondò le mani tra i capelli. «È così bello.»

«Mmm.» Era bello anche per lui. Lo risucchiò più a fondo, accarezzandogli le palle e allungandosi un po' a strofinare piano la pelle subito dietro.

«Sì.» Jackson allargò le gambe ancora di più, sollevando le ginocchia in un invito palese.

Nick si fermò quanto bastava per leccarsi le dita, prima di riprendere a succhiare e intanto stuzzicargli il buco con un polpastrello inumidito.

«Fallo!»

Una fiammata di desiderio lo accese come un albero di Natale, mentre infilava dentro quel dito. Dannazione. Era stretto. Conosceva abbastanza della vita sessuale di Jackson da sapere che stava quasi esclusivamente sopra. E quella stretta simile a una morsa lo dimostrava.

Smise di succhiare e usò la mano per accarezzarlo. «Rilassati. Se lo vuoi davvero, smettila di combatterlo.»

Jackson emise uno sbuffo frustrato. «Ci sto provando.»

«Hai del lubrificante? Sarebbe d'aiuto.»

«Forse. Prova il cassetto del comodino.»

Nick si mise a rovistarci dentro e fu ricompensato quando scovò un flacone ancora mezzo pieno nascosto sul fondo. C'erano anche dei preservativi; quelli avrebbero potuto essere utili più tardi, se Jackson avesse voluto scoparlo di nuovo. Però in effetti poteva anche essere che volesse solo un dito nel culo e un pompino, per quella notte. A lui andava benissimo. Ci sarebbero state opportunità in abbondanza per farsi scopare, adesso che erano riusciti a rivelare i loro sentimenti.

Ricominciò a masturbarsi intanto che spingeva dentro un dito. Il lubrificante aiutava, e Jackson sembrava più rilassato, al secondo tentativo. «Così è okay?» chiese Nick, curvando le dita e sfregando gentilmente.

«È fantastico, in realtà,» disse Jackson con il fiato corto. «Cazzo. Mi ero dimenticato quanto sia bello avere qualcosa nel culo.»

«Pensi di poter gestire dell'altro?»

«Scopriamolo.» Un secondo dito scivolò dentro con relativa facilità. Jackson si tese per un attimo, poi si rilassò con un gemito. «Sì. È ancora bello.»

Dopo un altro paio di minuti, Jackson disse: «Ci sono vicino. Però non voglio venire subito.»

«Che cosa vuoi fare?»

«Mi scoperesti?»

Aveva sentito bene? «Diavolo, sì! Però... sei sicuro? Pensavo che normalmente tu non...»

«Io non. Però sì, sono sicuro. Voglio che tu lo faccia.»

«Merda. Okay.» Agitato per quella richiesta a sorpresa, Nick ebbe un improvviso attacco di ansia da prestazione. Lasciò scivolare fuori le dita. «Cerco un preservativo. Ne ho visti alcuni un minuto fa. Aspetta un attimo.»

Gli tremava la mano quando strappò la confezione.

«Nick?» La voce di Jackson era bassa e morbida. «Tutto okay?»

«Sì... che palle! È girato dalla parte sbagliata. Dammi un secondo.» Fra il nervosismo e il ritardo, la sua erezione si stava afflosciando un po'.

«Rallenta. Non c'è fretta. Possiamo fare qualcosa di diverso, se vuoi.»

«No! Lo voglio. È solo... sono un po' nervoso, tutto qui.» A quell'ammissione sentì le guance scaldarsi. «È che mi sembra tutta una cosa enorme... tutta quanta la faccenda, io e te, e io che sto sopra quando non è che lo faccia così tanto spesso. Ho paura di mandare tutto a farsi fottere.»

Jackson sorrise. «Battuta intenzionale?»

Nick esplose in uno scoppio di risate nervose e si sentì immediatamente meglio. «No. In effetti non lo era.»

«Sarà bello,» disse Jackson. «Anche se mandiamo tutto a farsi fottere, sarà bello perché siamo io e te. Perché siamo *noi*.»

«Okay.» Nick prese un respiro profondo e soffiò fuori gli ultimi rimasugli della sua incertezza. «Sì. Hai ragione.» Si prese in mano l'uccello e cominciò a stringerlo e ad accarezzare. Non gli ci volle molto per essere di nuovo pronto per l'azione.

Quando tornò duro, Jackson prese il profilattico e glielo infilò. La stretta decisa di quella mano gli fece scorrere un fremito di anticipazione in tutto il corpo.

«Sei pronto?» chiese Nick.

«Sì.»

Nick la prese con molta cautela, aprendosi la strada pian piano e osservando Jackson in cerca di segni di disagio. «Okay?»

«Sì.» La parola era come smorzicata, la voce tesa, per cui non si spinse più a fondo, ma aspettò, lasciando che il compagno si adattasse alla sensazione.

«Tu continua,» disse Jackson.

Nick si spinse fino in fondo. «È tutto qui.» Fece un mezzo sorriso. «Sempre okay?»

«Sì.» Questa volta il tono era più morbido, e Jackson stava ricambiando il sorriso. «Allora, mi vuoi scopare o cosa?»

«Beh, scusa tanto se sono andato piano, Mister Impazienza.» Nick si tirò indietro e poi si spinse dentro.

«Cazzo!» gemette Jackson, però sembrava un gemito di quelli buoni, quindi lui andò avanti.

Si mosse con un ritmo costante e ben presto stavano emettendo tutti e due dei versi di piacere. Fortunatamente lì non c'era nessuno a sentirli, a parte forse la gente nell'appartamento di sotto, ma solo se ci davano dentro sul serio.

Jackson cominciò a masturbarsi, e Nick guardò quella mano muoversi sempre più rapida fino a diventare una macchia sfocata. «Scopami più forte,» boccheggiò Jackson. «Oh sì, non ti fermare. Sto per venire. Cazzo, *Nick...*» Si tese, e il primo schizzo gli atterrò sugli addominali.

Nick era stato così concentrato sull'assicurarsi che la

cosa fosse bella per Jackson da non rendersi conto di quanto fosse al limite, ma la vista del compagno che si veniva addosso e il suono dei gemiti che emise lo portarono oltre. Si spinse dentro un'ultima volta e il suo intero corpo venne scosso da un tremito quando il piacere lo travolse, facendo scomparire la stanza per un attimo.

Crollò tra le braccia di Jackson e rimase sdraiato lì finché non riuscì a recuperare il fiato.

«Wow,» disse poi.

«Già. È stato fantastico,» commentò Jackson con voce calda.

«Beh, sì... anche quello. Ma mi ero dimenticato che lavoraccio sia stare sopra. Sono distrutto.»

Jackson ridacchiò. «È un ottimo esercizio fisico. Ma come ogni esercizio fisico, più lo fai e più diventa facile.»

«Beh, è meglio che io cerchi di fare un sacco di pratica allora, perché è chiaro che i miei muscoli da stallone sono un po' fuori uso.»

«Mi offro volontario per aiutarti con l'allenamento.»

«Lo spero proprio. Visto che sei il mio ragazzo.» Nick rialzò la testa per guardarlo negli occhi. «Sei il mio ragazzo adesso, giusto? Per davvero?»

«Sì. Niente più recite. Questa è la versione vera.»

Si sorrisero, e Nick sentì risalire nel petto una calda felicità che gli strinse la gola e gli inumidì gli occhi. Cosa poteva esserci di meglio che innamorarsi del proprio migliore amico e scoprire che lui ricambiava?

«Mi sento così fortunato.» La voce gli venne fuori rauca, dovendo passare attorno al groppo che aveva in gola.

Jackson gli diede un bacio leggero sulle labbra e sussurrò: «Anch'io.»

EPILOGO

Sei mesi dopo

«AHIA!» esclamò Jackson picchiando il gomito. «Giuro che o quest'albero si è ristretto, oppure sono cresciuto io.»

«Tutto okay?»

«Sì. Mi sono solo graffiato un po' il gomito. Era più sicuro in inverno, con più strati di protezione.»

«Sì, in certi punti è un po' scomodo,» convenne Nick.

«Ci sono quasi... *Uff!*» Con un ultimo sforzo, Jackson si issò sulla piattaforma di legno. «Okay!» gridò poi rivolto a Nick. «Sono in cima.»

«Ben fatto.» Nick si arrampicò dopo di lui.

«Potresti almeno cercare di farla sembrare una cosa difficile,» disse Jackson. «Adesso ho l'ego ammaccato quanto il gomito.»

«Mi dispiace.» Nick sogghignò. «Ma io l'ho fatto centinaia di volte, ricordi? Quindi per forza ho un signor vantaggio. E comunque sei tu quello che ha insistito per arrampicarsi.»

«Vero.» Jackson si appoggiò con la schiena per ammirare il panorama. Era molto diverso da come lo ricordava; con il sole del mattino già alto in un cielo azzurro e senza nuvole, era grato di quel po' di ombra che davano le foglie. Oltre i rami, gli alberi che li circondavano erano tutti rivestiti di varie sfumature di verde, e molti ancora in fioritura. «È così bello qui.»

«Vero?» Nick andò a sedersi accanto a lui.

Jackson gli mise un braccio attorno e rimasero fermi così per un po', immergendosi nei suoni e nei profumi del bosco.

Nonostante la tranquilla bellezza dell'ambiente, Jackson non riusciva a rilassarsi e goderselo, perché il cuore gli batteva a mille e aveva tutti i muscoli contratti per l'anticipazione. C'era una ragione se aveva convinto Nick che dovevano andare a trovare i suoi genitori quel week-end, e c'era una ragione se quella mattina lo aveva fatto arrampicare con lui sull'Albero Dei Pirati.

Andrà tutto bene, si disse.

E se invece non fosse così?

Non ce la faceva più ad aspettare; prese un respiro incerto e si mise in ginocchio sulla tavola ai piedi di Nick. Era un po' stretta, però c'era spazio sufficiente.

«Che stai facendo?» chiese Nick, e poi il viso del suo ragazzo si aprì in un sogghigno malizioso. «Oh, ho capito! È per questo che hai voluto venire quassù. Fantastico.» Cominciò a slacciarsi il bottone degli shorts. «Sono pronto per un altro round di pompini sull'albero. Dacci dentro.»

«No!» disse lui in fretta. «Non è questo che... Nick. Fermati!» Gli diede una pacca sulla mano, spostandogliela.

«Ma che succede?» L'espressione di Nick era un misto di confusione e disappunto.

Jackson infilò la mano in tasca e ne estrasse una scatolina nera. Aprì il coperchio e la tenne così, sul palmo. L'anello d'argento risplendeva contro la seta verde scuro.

«Oh, merda!» Nick si sbatté una mano sulla bocca, gli occhi enormi, fissando prima l'anello e poi lui, e poi di nuovo l'anello.

Jackson si era preparato un discorso intero, ma gli era volato via dalla testa per quella piega inaspettata che aveva preso la situazione. Così invece si limitò a fare la domanda fondamentale. «Quindi... mi vuoi sposare?»

«Sì,» rispose Nick senza la minima esitazione. «Sì, decisamente, assolutamente.» Poi gli fece un sorriso di scuse. «Mi dispiace. Ho un po' rovinato il momento, vero?»

Divertimento e sollievo gli scapparono fuori in un gran scoppio di risate. «Non per me. Così è perfetto.»

Nick prese l'anello e si mise a studiarlo. «Wow, è stupendo. Sono foglie di quercia quelle che sono incise?» Lo guardò più da vicino. «E c'è anche del vischio?»

«Sì. Il nostro primo bacio è stato sotto il vischio in cucina, ma il nostro primo *vero* bacio è stato qui sull'albero. Mi sembrava appropriato che ci fossero entrambe.»

«E anche il nostro primo pompino è stato sull'albero,» gli ricordò Nick. «Me lo vuoi mettere tu?»

Jackson glielo infilò al dito. Gli andava alla perfezione. «Ti piace?»

«Lo adoro!» Nick si mise a rigirare la mano da un lato all'altro. «E adoro il motivo per cui hai scelto questo disegno. Ne posso prendere uno simile per te, così saranno abbinati?»

«Naturale.»

«Stavo pensando anche io di chiedertelo, ma avevo paura che fosse troppo presto.»

Jackson sorrise. «Potremo anche essere una coppia da solo sei mesi, ma ho pensato che tutti quegli anni di amicizia dovevano pur contare qualcosa, e non vedevo che senso avesse aspettare.»

«Beh, sono contento che tu mi abbia battuto sul tempo.» Nick si allungò in avanti e gli diede un bacio leggero sulle labbra. Quando cercò di ritrarsi, Jackson gli affondò una mano tra i capelli e approfondì il bacio. Gli appoggiò l'altra sulla coscia, e poi la lasciò vagare verso l'inguine fino a trovare il rigonfiamento dell'uccello. Interruppe il bacio per dire: «Adesso puoi tirartelo fuori, se vuoi...»

Nick sorrise, gli occhi luminosi, il viso arrossato. «Diavolo, sì che voglio! Posso succhiartelo anche io dopo?»

«Assolutamente.»

TORNARONO INDIETRO LUNGO il bosco mano nella mano. Quando si stavano avvicinando al cancello del giardino, Nick chiese: «Posso dirglielo?»

«Che ci siamo fidanzati?»

«E che altro? Mica progettavo di raccontargli dei pompini.»

Jackson si mise a ridere. «Probabilmente è meglio. E sì, ovvio. Stai portando l'anello, quindi potrebbero accorgersene comunque.»

Dopo Natale avevano passato abbastanza tempo con i

genitori di Nick perché Jackson fosse abbastanza sicuro che sarebbero stati felici di quello sviluppo, ma anche così aveva lo stomaco un po' agitato, mentre attraversavano il giardino.

Fortunatamente, tutti e due i genitori di Nick erano in cucina, e non dovette aspettare oltre, perché Nick piombò dentro proclamando: «Mamma, papà... c'è una cosa che vi devo dire!»

Si girarono entrambi, guardandolo.

Nick sollevò la mano, e il metallo mandò scintillii d'argento sotto la luce

«Oh!» boccheggiò Sue, una mano che saliva verso il cuore.

«Jackson mi ha chiesto di sposarlo.» Nick era raggiante. «E io ho detto sì, ovviamente.»

«È una notizia meravigliosa,» disse Reg con un sorriso enorme. «Congratulazioni a tutti e due!» Abbandonò le parole crociate e si alzò per stringere la mano a Jackson, e poi a Nick, ma quest'ultimo lo tirò in un abbraccio, invece.

«Sì, congratulazioni!» Sue aveva abbracci e baci per entrambi. «Che notizia stupenda. Allora, come lo hai fatto, Jackson? Hai messo un ginocchio a terra?»

«Tecnicamente direi che erano tutte e due le ginocchia,» disse lui.

«Mi ha fatto la proposta sull'Albero Dei Pirati,» spiegò Nick. «Per cui lo spazio era un po' scarso.»

«Mi fai vedere l'anello?» Sue gli prese la mano. «Oh, Jackson. È bellissimo! Adoro questo disegno a foglie. Che significato ha?»

«Beh... Il nostro primo bacio vero e proprio è stato sotto il vischio sull'Albero Dei Pirati,» disse Jackson. Vide l'inizio di un sorrisetto comparire sulla faccia di Nick, e gli scoccò un'occhiataccia per ammonirlo. «Da qui le foglie di quercia oltre che di vischio, ed è per questo che l'ho riportato là per fargli la proposta.»

«Il vostro primo bacio?» Sue aggrottò la fronte, confusa. «Ma com'è possibile? Natale è stato la prima volta che siete venuti a trovarci, e stavate già assieme, allora.»

Merda. Troppo tardi, *troppo* tardi, Jackson si rese conto del proprio errore. «Uhm...» Lanciò uno sguardo disperato a Nick, in cerca di sostegno.

L'espressione di Nick passò rapida dallo shock a un lieve panico, e poi si assestò velocemente sulla rassegnazione. Alzò gli occhi al cielo con un sospiro. «Bel colpo, Jackson. Hai fatto completamente saltare la copertura sull'Operazione Fidanzato Fasullo. Però suppongo che almeno adesso possiamo usarla per i discorsi al matrimonio, perché sarà ottimo materiale per quelli. E comunque tocca a me raccontarla, perché è stata una mia idea.»

«Nick. Di che cosa stai parlando?» chiese Reg.

«Beh.» Nick fece una risata nervosa. «Okay. Ehm. È una storia buffa...»

NOTE SULL'AUTORE

Jay vive appena fuori Bristol, nel West England. Viene da una famiglia di scrittori, ma ha sempre pensato che con lui il dono per la scrittura narrativa, avesse saltato una generazione. Ha passato anni a scrivere solo e soltanto email, articoli, o contenuti internet.
Un giorno ha deciso di provare con un racconto, giusto per vedere se ne era capace, e ha scoperto che dava dipendenza. Non ha più smesso di scrivere da allora.

Website: www.jaynorthcote.com
Facebook: www.facebook.com/jaynorthcotefiction
Twitter: @Jay_Northcote

Ho una nuova newsletter dedicata esclusivamente ai miei lettori italiani nella quale condivido le novità sulle uscite dei miei libri italiani. Se volete iscrivervi, potete trovarla al seguente indirizzo:

https://bit.ly/jaynews_it

GIÀ IN ITALIANO

https://jaynorthcote.com/translations/italian-translations/

Owen & Nathan
La sfida degli appuntamenti
Niente nozze per me

The Rainbow Place Series
Rainbow place (edizione italiana)
Un posto sicuro
Un posto migliore
Fango e pizzo
Un posto felice

The Housemates Series
Una mano amica
Come innamorati
La pratica rende perfetti
Guardare e volere

www.ingramcontent.com/pod-product-compliance
Lightning Source LLC
La Vergne TN
LVHW041210150826
845673LV00001B/350

* 9 7 9 8 3 6 6 4 9 8 1 3 5 *